# बदलें अपनी सोच तो बदलेगा जीवन

भूपेंद्र सिंह राठौर

अनुवाद:

रचना भोला ' यामिनी '

# EMBASSY BOOKS
w w w . e m b a s s y b o o k s . i n

**MASTER YOUR THOUGHTS MASTER YOUR LIFE - Hindi**
© Bhupendra Singh Rathore 2016


First Edition 2016

Published in India by:
**Embassy Book Distributors**
120, Great Western Building,
Maharashtra Chamber of Commerce Lane,
Fort, Mumbai 400 023, India
Tel: (+9122) -30967415, 22819546
Email: info@embassybooks.in
www.embassybooks.in


ISBN: 978-93-86450-70-8


**Distribution Centre**s:
Mumbai, Bangalore, Kolkata, Chennai,
Hyderabad, New Delhi, Pune

Layout by PSV Kumarasamy

# विषय सूची

# परिचय

## पहली परिस्थिति

*ट्रिंग-ट्रिंग!*

*'हे रितु! वाह क्या संयोग है - मैं अभी तुम्हारे बारे में ही सोच रहा था।'*

## दूसरी परिस्थिति

*'शी.. पता नहीं क्यों ऐसा लग रहा है कि आज मेरा पर्स खो जाएगा। पता नहीं, क्यों? बस मैंने ऐसा सोचा... और सचमुच उस दिन मैंने अपना पर्स खोया!'*

लगभग हर किसी को अपने जीवन में कभी न कभी ऐसे हालात का सामना करना ही पड़ता है। ये इतने आम हो गए हैं कि लोग इनके घटने पर इतने आश्चर्यचकित भी नहीं होते।

ऐसी घटनाएँ हमारे दैनिक जीवन का अंग बन गई हैं। हमने इन्हें सहज भाव से अपना लिया है। हममें से कितने लोग पलट कर पूछते होंगे, 'ऐसी बातें क्यों होती हैं?' हममें से अधिकतर लोग इन बातों को संयोग या बुरी किस्मत कह कर टाल देते हैं और इनके बारे में गहराई से विचार तक नहीं करते। परंतु क्या ये संयोग मात्र हैं या इन्हें हमने अपने विचारों के माध्यम से अपने जीवन में न्यौता दिया है?

सबसे शक्तिशाली जगत में आपका स्वागत है, वह आपका मन है!

- एक बस दुर्घटना में एक वर्ष का बच्चा करिश्माई तरीके से बच गया और बाकी सभी मारे गए।

- जिस मरीज की तीस दिन तक भी जीने की आस नहीं थी। वही ठीक हो कर, आने वाले तीस साल तक जीवित रहा।

- आपकी परीक्षा सिर पर है। अभी एक तिहाई पढ़ाई ही पूरी हो पाई और आपके प्रश्न उसी हिस्से से आ जाते हैं, जिसमें से आपने तैयारी की है।

ऐसी कई घटनाएँ दुनिया के अलग-अलग हिस्सों में होती रहती हैं और विज्ञान और वैज्ञानिकों के पास भी इनकी कोई व्याख्या नहीं है। क्या ये चमत्कार नहीं? चमत्कार घटते हैं। वे उनके लिए घटते हैं, जो केंद्रित, उत्साहित, सकारात्मक ऊर्जा से भरपूर और हमेशा अपना बेहतरीन योगदान देते हुए, बड़ी सोच रखते हैं। मैं तो कहूँगा कि चमत्कार किसी असंभव चीज को संभव बना देता है। मेरे लिए चमत्कार, एक ऐसा सपना है जिसके लिए आप कोई काम नहीं करते, और फिर भी वह किसी जादू की तरह आपके लिए साकार हो जाता है।

सबसे ख़ास बात यह है कि ईश्वर ने हम सबको यह जादू रचने की क्षमता दी है। भले ही यह बात उस व्यक्ति को विचित्र लग सकती है जो जादू को नहीं समझता परंतु अगर आप यह बात जादूगर से कहें तो वह जानता है कि यह सब कैसे काम करता है। और इसका एक सटीक तर्क भी है - सावधानी से किया गया नियोजन, उचित समय और एक जायज वैज्ञानिक व्याख्या ... ठीक? बदकिस्मती से, हममें से अधिकतर अपने जीवन के जादू को रचने की बजाए इसके मूक दर्शक ही बन कर रह जाते हैं।

इसे पढ़ें ताकि हम उन तालों को तोड़ सकें जो हमने स्वयं ही अपने मन पर लगा रखे हैं। 'नहीं, ये आबरा का डाबरा नहीं है, आपको कहना है 'तथास्तु'

तथास्तु एक संस्कृत शब्द है जिसका अर्थ आप लगा सकते हैं, 'ऐसा ही हो'। परंतु तथास्तु कौन कहता है? हमारी सारी इच्छाओं को कौन पूरा करता है? इन दोनों प्रश्नों का उत्तर सादा है - इसका रहस्य हमारे मन में छिपा है।

आपने महान संतों और मुनियों के बारे में सुना होगा जो आग और पानी पर चल सकते थे। हिमालय की अंधेरी और सुनसान राहों में आज भी उन संतों के आवास हैं, जो अपनी भूख और प्यास को अपने वश में कर, दशकों से वहाँ तपस्या कर रहे हैं, उन्होंने मृत्यु को भी पछाड़ दिया है! इसके बाद ऐसे व्यक्तियों के प्रसंग आते हैं जो अपने दाँतों से जंजीरें खींचते हैं, अपनी छाती पर गाड़ी चढ़वा कर अपनी श्वास रोक लेते हैं और अपनी आँखों से लोहे की सलाखें मोड़ देते हैं। पहले-पहल, विज्ञान इन सब बातों को नकार देता था परंतु अब विज्ञान इन्हें मानता है और उन्हें वैज्ञानिक प्रमाणों के साथ अपना समर्थन देता है। क्वांटम फिजिक्स में मन की अपूर्व शक्ति के बारे में पता लगाया जाता है और इन दिनों यह बहुत प्रगति कर रहा है।

भौतिकी हमें कहती है कि सारा ब्रह्माण्ड एक विशाल चुंबक है, जिसमें एक विशाल चुंबकीय क्षेत्र है। हम चुंबकीय शरीरों के पावरहाउस हैं। हम जो भी कहते, सुनते, सोचते, सपना देखते या इच्छा रखते हैं, वह एक चुंबकीय बल के साथ हमें यूनीवर्स की चुंबकीय वेवलेंथ से जोड़ देता है। यह चुंबकीय बल सिग्नल रखता है जिसमें इलेक्ट्रॉन, प्रोटोन और न्युट्रॉन होते हैं, जो भले ही हमें दिखाई न दें, परंतु इन्हें शक्तिशाली सूक्ष्मदर्शी की मदद से देख सकते हैं। ये अदृश्य रूप में अपनी उपस्थिति रखते हैं। हम वातावरण में इन सत्ताओं के प्रवाह को मुक्त करते हैं। इसके बाद ये इलेक्ट्रॉन, प्रोटोन और न्युट्रॉन की सम्मिलत ऊर्जा से मिल कर, हमारी सोच को साकार रूप देती हैं।

इस तरह अच्छी सोच के सिग्नल, अच्छे तरंग आयामों से मिलेंगे और बुरी सोच के सिग्नल ब्रह्माण्ड में बुरे तरंग आयामों से जा कर मिलेंगे। फिर वे उसी के अनुसार हमारी सोच को पूरा करेंगे। हमारे ब्रह्माण्ड का चुंबकीय बल आपकी किसी भी इच्छा को पूरा कर सकता है। प्रसन्नता, धन और सेहत, कुछ भी! यह यूनीवर्स का सहज नियम है। यह आकर्षण का नियम है। इस नियम को आप इन बिंदुओं में प्रकट कर सकते हैं:

- अपने पर विश्वास रखें, आप ईश्वर का अंश हैं और ईश्वर कोई नहीं, आप ही हैं
- जो भी करना पसंद हो, वही करें और सदा आनंदित रहें।
- विश्वास का दामन न छोड़ें।

जब हम सो रहे हों या इसके लिए सचेत न हों, आकर्षण का नियम तब भी पूरे बल के साथ काम करता है। मेरी शक्तिशाली वर्कशॉप में से एक, इग्नाइटिंग द स्पार्क (*Igniting the Spark*) के माध्यम से मैंने यथासंभव लोगों तक पहुँचने और उन्हें आकर्षण के नियम और मन की शक्ति के बारे में बताने का प्रयास किया जिससे यह नियम काम करता है। हमने इस नियम को लागू करने के सभी चरण प्रस्तुत किए हैं और इस नियम की वैज्ञानिक व्याख्या भी दी गई है। यह पुस्तक आपको अपनी सबसे शक्तिशाली संपत्ति, आपके मन को जानने में मदद करेगी- ताकि आप इसका भरपूर क्षमता तक प्रयोग कर सकें।

जब से मैंने एक प्रेरक वक्ता और कार्पोरेट प्रशिक्षक बनने का निर्णय लिया, तब से यह मेरे लिए एक रोचक यात्रा रही है। जब मैंने इस शिक्षा को जीवन में उतारा तो इसने मेरे जीवन को नए मायने और दिशा दी। एक वह भी समय था जब मुझे अपने भविष्य के लिए कुछ नहीं सूझ रहा था। मैं नहीं जानता था कि मुझे जीवन में क्या करना है। मैं कुछ पाना चाहता था पर मुझे यह नहीं पता था, कि वह 'कुछ' क्या था। मेरा मन, निरर्थक विचारों का कबाड़खाना बन गया था और मैं उन्हें मन से बाहर नहीं कर पा रहा था।

मैं पारंपरिक तरीके से नहीं चलना चाहता था इसलिए मुझे अक्षम, नाकारा, दिशाहीन या असफल कह कर पुकारा गया। मैंने उन बातों को गंभीरता से लेते हुए, अपने पर विश्वास रखना छोड़ दिया। मैं बुरी तरह से लड़खड़ा गया था। अपने से सफल व्यक्ति को देखते ही मैं असहज महसूस करता। मुझे लगता था कि मैं कभी उनके जैसा नहीं बन सकूँगा। उस समय, मैं जो जानता था, उसके बारे में पता नहीं था पर उन बातों से कई मोटी किताबें भरी जा सकती थीं जो मैं नहीं जानता था।

मैं कुछ ऐसा करना चाहता था जिसमें असफलता की गुंजाईश न हो। मुझे असफल होने से भय लगता था। यहाँ तक कि स्कूल व कॉलेज में भी, मैंने कभी किसी प्रतियोगिता में हिस्सा नहीं लिया। मैं हमेशा अपने लिए आसान रास्ते खोजा करता। आज, जब मुड़ कर देखता हूँ, तो एहसास होता है कि अगर मैं हमेशा अपने लिए आसान रास्ते खोजता रहता तो शायद मैं आप ही अपने अस्तित्व की हत्या का दोषी पाया जाता।

कुछ ऐसे काम थे, जो मैं करना चाहता था, पर जब भी कुछ करने लगता तो उसमें असफल हो जाता। मेरे लिए, यह सब मेरी नहीं, किसी दूसरे की भूल से होता था। और फिर मैं भी उन दो शब्दों की आड़ में छिप जाता, जिसका सहारा हम सभी कभी न कभी लेते हैं - भाग्य व नियति।

जब मैंने अपना प्रशिक्षण आंरभ किया तो उसमें पहले मुझे अपनी अंग्रेजी सुधारनी थी। इसके बाद घटनाओं का ऐसा क्रम बना कि सब कुछ अपने-आप सिलसिलेवार घटता चला गया और मैं अपने शिखर तक आ पहुँचा। मुझे इन सत्रों और अपने गुरु के माध्यम से पता चला कि हम जो भी खोज रहे हैं, वह सब पहले से ही हमारे भीतर, हमारे अवचेतन मन में छिपा है। हमारी उपलब्धियों, भावों व नैतिकताओं के लिए कोई भी बाहरी बल उत्तरदायी नहीं होता। यह हमारा ही दायित्व है। मेरे गुरुओं में से एक ने बहुत ही सुंदर शब्दों में कहा है, 'आपको जो भी चाहिए, वह सब पहले से आपके भीतर मौजूद है।'

जीवन के अनेक व्यावहारिक अनुभवों से गुज़रने के बाद, मैं आपको पूरे विश्वास से कह सकता हूँ कि आपको जो भी चाहिए, वह सब आपके पास ही है। मुझे यह भी यकीन है कि जब तक आप इस पुस्तक को पूरा पढ़ेंगे, आप इस पर विश्वास भी करने लगेंगे।

इस ज्ञान ने मेरा जीवन बदल दिया, मुझे मनचाही दिशा प्रदान की और इसे बाँटने की ज्वलंत इच्छा भी दी। मैं यथासंभव लोगों तक अपनी पहुँच बनाना चाहता था और उनके साथ जादू के पीछे छिपे तर्क को बाँटना चाहता था। और अब यह सारा ज्ञान आपके सम्मुख है, आप इस सागर से अपने लिए मनचाहे मोती बटोर सकते हैं!

# 1

# मन के नियम

मुझे पूरा यकीन है कि आप में से अधिकतर लोग इस प्रकार की अवस्था से गुजरे होंगे जब आपके मन में अचानक कोई बात आई होगी और वह सच हो गई होगी, या आपने नहीं चाहा होगा कि कोई कुछ करे पर उसने ठीक वैसा ही किया होगा।

हम यह सोच कर हैरान होते हैं कि हमें पहले से ही यकीन था कि हमारे साथ ऐसा होगा, जैसा कि हो जाता है। लेकिन इसका जवाब बहुत अधिक आसान भी हो सकता है और बहुत अधिक पेचीदा भी। सरल इसलिए हो सकता है क्योंकि इसका संबंध हमारे मन से है और पेचीदा इसलिए क्योंकि इसका संबंध उन सभी बातों से है जिनसे हमारा मन ज्ञान पाता है और वह हमें रोजमर्रा की सभी चीजों के प्रति आकर्षित करता है। यदि आप अपने मन को अपना स्वामी बना सकते हैं तो अपने जीवन को भी अपना स्वामी अवश्य बना सकते हैं। जैसा कि बुद्ध ने भी कहा है, "मन ही सब कुछ है। आप जैसा सोचते हैं, वैसे ही बन जाते हैं।"

एक साधारण सा उदाहरण प्रस्तुत है। मि. शर्मा, जो कि एक व्यापारी हैं, वे अपने कुछ ग्राहकों के साथ एक रेस्टोरेंट में खाने के लिए जाते हैं। वे एक खास किस्म के चिकन का ऑर्डर देते हैं और उसके बाद वे अपने ग्राहकों के साथ बातचीत करने में व्यस्त हो जाते हैं। बीस मिनट के पश्चात वेटर उनका खाना लाता है और उसे मि. शर्मा के सामने मेज पर परोसने लगता है।

मि. शर्मा कहते हैं, 'माफ करना। मैंने तो इस डिश का ऑर्डर नहीं दिया।'

बेचारा वेटर हैरानी से अपना कागज देखता है जिस पर उसने उनका ऑर्डर लिखा था। वह जबाव देता है, 'माफ कीजिए सर, लेकिन आपने ही इस चिकन का ऑर्डर दिया था। मैंने अपने हाथों से आपका ऑर्डर लिखा है।'

मि. शर्मा अब जोरदार तरीके से प्रतिक्रिया व्यक्त करते हैं और कहते हैं, 'तुम क्या समझते हो कि मैं मूर्ख हूँ? मैंने चिकन का ऑर्डर नहीं दिया। मेरा ऑर्डर तो कुछ और ही था।'

वेटर उनके इस रवैये को देख कर भौंचक्का रह गया और उसने अपनी ओर से सफाई देते हुए फिर से कहा कि शायद वे ऑर्डर दे कर भूल गए हैं कि उन्होंने क्या ऑर्डर किया था। मि. शर्मा अब गुस्से से बेकाबू हो चुके थे और उनकी बातचीत एक भयंकर बहस में बदल चुकी थी।

दरअसल सच्चाई तो यह है कि मि. शर्मा एक ऐसी बीमारी से ग्रस्त हैं जिसके अंतर्गत उनकी याददाश्त कुछ देर के लिए चली जाती है। इसी दौरान वे भूल गए कि उन्होंने किस चीज का ऑर्डर दिया था। सबसे महत्वपूर्ण बात तो यह है कि उन्हें इसका पता भी नहीं कि वे ऐसी किसी बीमारी से ग्रस्त हैं।

ठीक इसी प्रकार हम सब भी ब्रह्माण्ड में एक विशाल रेस्टोरेंट में बैठे हुए हैं और एक ऐसी सूची में से लगातार कुछ न कुछ इच्छा करते आ रहे हैं जिसका कोई अंत नहीं है। हम इस प्रकार की इच्छाएँ केवल कह कर ही नहीं करते बल्कि अपने मन में चल रही अपनी सोच, अपनी भावनाओं, अपने कहे गए वाक्यों तथा अपने द्वारा किए गए कार्यों के रूप में व्यक्त करते हैं। इस दौरान आपकी भावानाओं के रूप में जो भी आपके मन में चल रहा होता है, आप वही प्राप्त करते हैं। लेकिन मि. शर्मा की तरह हम सब भी अपनी याददाश्त को भूल चुके होते हैं।

इसी दौरान जब हमारी इच्छा पूरा होने की कगार पर होती है तो हमें पता चलता है कि हमने वास्तव में क्या माँगा था और हम बाद में कहते हैं, 'अरे! मैंने तो यह सब नहीं माँगा। हम अपने विचारों तथा भावनाओं को भूल जाते हैं क्योंकि हम उनकी शक्ति को समझ नहीं सकते।

प्रत्येक रेस्टोरेंट का एक नियम होता है - आप अपना ऑर्डर बदल सकते हैं, लेकिन ऐसा तभी संभव हो सकता है यदि आपका पहले वाला ऑर्डर तैयार न किया गया हो। ठीक इसी प्रकार आप ब्रह्माण्ड से भी अपनी इच्छा की हुई वस्तु माँगे जाने के बाद उसे बदल सकते हैं बशर्ते कि आपको पता हो कि आप क्या माँगने जा रहे हैं। ब्रह्माण्ड के बारे में सबसे दिलचस्प बात यह है कि यहाँ कोई भी काम तुरंत नहीं होता। यहाँ आपके द्वारा माँगी गई किसी मनपसंद चीज को पूरा होने में समय लगता है।

ब्रह्माण्ड की विशाल सूची में से कुछ भी माँगने से पहले आपको यह जानना आवश्यक है कि ब्रह्माण्ड से किस प्रकार माँगा जाए। इसके लिए आपको अपने मन के कुछ नियमों की जानकारी होना आवश्यक है। आपके मन के यह नियम ब्रह्माण्ड के साथ बँधे हुए हैं। जब मैंने सबसे पहले मन के नियमों के बारे में पढ़ा था तो हैरान रह गया था कि, 'यदि मन की कोई सीमा नहीं होती और इसका रूप अनंत है तो यह कैसे नियमों में बँध कर रह सकता है?'

यहाँ मन की कुछ विशेषताएँ दी गई हैं:

## 1. मन किसी प्रकार के शब्दों अथवा भाषा को नहीं पहचानता। यह केवल चित्रों को समझता है।

यही कारण है कि हम जब हम किसी चीज को अपनी आँखों से देखते हैं तो उसे अच्छी तरह से पहचान लेते हैं। यदि मैं आपसे कुछ वाक्य कहूँ तो आप मन ही मन उसकी एक तस्वीर बनाते जाएँगे। चलिए, इसे साबित करते हैं।

*'एक व्यक्ति लाल रंग का बैग अपने कंधे पर ले कर जा रहा है।'*

आपने देखा। क्या हुआ? क्या आपने पढ़ा कि मैंने क्या कहा या आपने मन ही मन यह सोचा कि एक व्यक्ति अपने कंधे पर लाल रंग का बैग ले कर चल रहा है?

आपका मन यही तो करता है। यदि आप अपने आप से कहते हैं, 'मुझे किसी प्रकार का उधार नहीं चाहिए, मुझे किसी प्रकार की नकारात्मकता नहीं चाहिए, मैं किसी प्रकार की मुसीबतों में नहीं फँसना चाहता।' ऐसा सोचने से उधार जैसी बातें, नकारात्मकता तथा मुसीबतों भरी बातें आपके मन में आती हैं। आप लगातार

अपने मन को यह आदेश दे रहे हैं जो वह सोच रहा है और आपका हृदय महसूस कर रहा है।

सावधान हो जाएँ। यदि आप नकारात्मकता तथा निराशा भरी बातें सोचते हैं तो आपको उन्हें तुरंत अपने मन से हटाना होगा अन्यथा आप इसमें फंसते जाएँगे। तुरंत ठोस कदम उठाएँ- जोर से कोई गीत गाएँ, तेज कदमों से नाचें, जोश पैदा करने वाला कोई संगीत सुनें, जो कुछ भी आप करना चाहते हैं उसे करें, लेकिन कुछ न कुछ अवश्य करते रहें।

सभी महान नेता केवल इसलिए महान कहलाए कि उन्होंने अपने मन को केवल उसी दिशा में केंद्रित किया जो काम वे करना चाहते थे न कि जो वे कभी नहीं करना चाहते थे। उनकी सफलता का यही एकमात्र रहस्य था।

**2. मन कल्पना तथा वास्तविकता में अंतर नहीं समझता।**

यही कारण है कि आज जब कभी कोई दुःखद फिल्म देखते हैं तो उसे देखने के बाद रोना आ जाता है या कोई डरावनी फिल्म देखते हैं तो आपके भीतर कुछ दिनों तक एक डर सा बैठ जाता है जबकि हम यह अच्छी तरह से जानते हैं कि यह केवल एक फिल्म थी।

डर एक ऐसी चीज है जो आपके मन में तब बस जाती है जब आप किसी ऐसी घटना के बारे में केवल सोचते हैं जो कभी हुई ही न हो या बीते हुए समय में कभी हुई हो। लेकिन आप ऐसा कभी नहीं चाहते कि ऐसी घटना आपके साथ दोबारा कभी हो। डर आपको अपंग बना देता है क्योंकि आपका अवचेतन मन कल्पना और सच्चाई में अंतर करना नहीं जानता। आप जब डरे हुए होते हैं तो आपके मन में लगातार नकारात्मक विचार उभरते रहते हैं। इस प्रकार के विचार किसी फिल्म की तरह, बीते समय में आपके साथ घटित किसी घटना के रूप में अथवा मात्र किसी कल्पना के रूप में हो सकते हैं। जबकि हम यह अच्छी तरह से जानते हैं कि हमारा यह डर केवल कुछ समय के लिए है लेकिन फिर भी हम इस प्रकार प्रतिक्रिया करते हैं जैसे कि हमारे साथ सचमुच कोई घटना घटी हो।

हम में से कितने लोग ऐसे हैं जो किसी परीक्षा से पूर्व बेचैन न होते हों? हम में से बहुत से लोग इसका शिकार होते हैं क्योंकि फेल हो जाने का डर हमारे मन को अपाहिज बना देता है जिसका अंजाम पागलपन तक जा सकता है।

*एक बार किसी घर में भयंकर आग लग गई। उस घर में चार लोगों का एक परिवार रहता था जो बहुत खुश था। जिस समय घर में आग लगी, उस समय माँ अपने दो बच्चों सहित गहरी नींद में सो रही थी क्योंकि रात बहुत गहरी हो चुकी थी। माँ ने स्थिति को गंभीरता से देखा और उसने अपने मन में इतना उत्साह भर लिया कि वह अपने बच्चों को सुरक्षित बचा लेगी। लेकिन वह स्वयं को न बचा सकी। वह जोर-जोर से सहायता के लिए चिल्लाने लगी। लोग उसकी सहायता के लिए दौड़े लेकिन आग बेकाबू हो चुकी थी। थोड़ी ही देर में फायर ब्रिगेड आ गई। वह महिला बुरी तरह से जल चुकी थी और मर गई। यह वास्तव में एक डरावना दृश्य था।*

यह यकीनन एक दुःखद कहानी हो सकती थी- यदि इसमें सच्चाई होती। जागो! मैंने अभी जो कुछ भी आपसे कहा, वह सब झूठ था। लेकिन सच और झूठ का फैसला किए बिना ही आपके मन ने कहानी का पूरा दृश्य कल्पित कर लिया। मैं यकीन के साथ कह सकता हूँ कि आपने भी अपनी कल्पना में एक जलता हुआ घर देखा होगा जिसमें एक महिला अपने बच्चों को बचाने के लिए जोरदार कोशिश कर रही है। वह सहायता के लिए चिल्ला रही है तथा अंत में वह मौत के मुँह में चली जाती है। यह केवल आपका मन है जो ऐसा सोच सकता है। अब एक दूसरी कहानी पढ़ेः

*कल्पना करें कि किसी सभागार में 5,000 लोग बैठे हुए हैं। वे सब आपको सुनना चाहते हैं क्योंकि आप देश के विख्यात वक्ताओं में से एक हैं। आप एक ऐसा व्यक्तित्व हैं जिनके कारण हजारों लोगों का जीवन सुधरा है। एक व्यक्ति स्टेज पर जाता है और वह आपके नाम की उद्घोषणा करता है तथा साथ ही आपकी प्रतिभाओं से लोगों को अवगत कराता है। इसी दौरान जब आप स्टेज पर पधारते हैं तो सभागार में उपस्थित सभी लोग खड़े हो कर जोरदार तालियों के साथ आपका अभिवादन करते हैं। आप अपने स्थान पर खड़े हो कर चारों ओर दृष्टि दौड़ाते हैं और देखते हैं कि*

लोग खड़े हो कर आपका अभिवादन कर रहे हैं और आपकी सराहना कर रहे हैं। उनकी तालियों की आवाज आपके भीतर एक अजीब सा उत्साह व उत्तेजना भर देती है। जब सभी श्रोता अपनी सीट पर बैठ जाते हैं तो आप अपने विचार उनके सामने प्रस्तुत करते हैं। वे आपको बहुत ध्यान से सुनते हैं, आपके कहे गए शब्द उन्हें उनकी सीट से हिलने तक नहीं देते। सभागार की प्रथम पंक्ति में आप अपने माता-पिता, भाई-बहन, पत्नी, बच्चों, मित्रों व रिश्तेदारों को बैठे देखते हैं। आप जब भी उनकी ओर देखते हैं, वे सभी अपने चेहरों पर मुस्कुराहट लिए आपको सुन रहे होते हैं जिससे आपका उत्साह व आत्मविश्वास बढ़ जाता है। इसके बाद जब आपका भाषण समाप्त हो जाता है तो सभी श्रोता आपकी तारीफ करते हैं। आपकी सफलता को देखकर आपके माता-पिता की आँखों में आँसू आ जाते हैं। वे मंच पर आ जाते हैं और सबके सामने आपको अपने गले से लगा लेते हैं। जब आप वहाँ से चलने लगते हैं तो एक बहुत से लोग पंक्ति में खड़े हो कर आपके ऑटोग्राफ लेने के लिए इंतजार कर रहे होते हैं।

वाह! आपको नहीं लगता कि यह एक शानदार कल्पना है। यहाँ मैं यकीन से कह सकता हूँ कि आप स्वयं को 5,000 लोगों के सामने खड़ा पाते हैं। आप उनकी तालियों की गड़गड़ाहट सुनते हैं और अपने परिवार से स्नेह प्राप्त करते हैं। इस कथानक को पढ़ने के बाद आप यकीनन स्वयं को महान समझ रहे होंगे।

मैं इन दो कहानियों के माध्यम से आपको यह समझाना चाह रहा हूँ कि आपका मन वास्तव में अद्भुत मशीन है जो अनेक संबंधों को आपसे जोड़ता है। जिस क्षण आपके मन में कोई विचार आता है, ठीक उसी क्षण मन उनके बिंदुओं को जोड़कर अपना कार्य शुरू कर देता है और उस विचार को एक तस्वीर के रूप में आपके दिमाग में प्रस्तुत कर देता है। यह काल्पनिक तस्वीरें इतनी सजग होती हैं कि दिमाग को यह भी पता नहीं होता कि क्या काल्पनिक है और क्या असली है।

आपका मन एक नौकर की तरह कार्य करता है। यदि आप चाहते हैं कि यह हमेशा असली तस्वीर को पहचाने तो यह उसी प्रकार के संकेत आपके शरीर तक पहुँचाने का कार्य करता है जिससे आप भी सकारात्मक रूप से पूरा करने में जुट जाते हैं। तभी तो कहा गया है कि जो कुछ भी आप अपने मन में सोचते हैं, एक न एक दिन

उसे अवश्य पा लेते हैं। यही कारण है कि आपकी सोचने व समझने की शक्ति आपकी सफलता प्राप्त करने में एक महत्वपूर्ण भूमिका निभाती है।

हमेशा ऐसा सोचो जैसा आप चाहते हैं, फिर देखिए हर काम जादुई तरीके से आसानी से पूरा हो जाता है।

### 3. मन कम से कम काम करने में यकीन रखता है।

हम हमेशा किसी भी काम को आसान से आसान तरीके से पूरा करना चाहते हैं। इससे हमें पीड़ा व आनंद की उस थ्योरी का ध्यान आता है, जिसे हम इस पुस्तक के अगले पन्नों में पढ़ने वाले हैं।

क्या आप बता सकते हैं कि आप में से कितने लोग ऐसे हैं जो रोजाना स्वयं से यह प्रण करते हैं कि वे प्रातःकाल जल्दी उठेंगे। लेकिन जब सुबह घड़ी अपना अलार्म बजाती है और आप बार-बार उसे बंद करते रहते हैं। फिर जब आप उठते हैं तो बहुत देर हो चुकी होती है। अब उस समय के बारे में सोचिए जब किसी ने जबरदस्ती आपसे पढ़ने के लिए कहा था या फिर आपने स्वयं से पढ़ने के लिए कहा था- दोनों पक्षों की तुलना करने पर आपको पता चल जाएगा कि जब आप वास्तव में पढ़ाई कर रहे थे तो उस दौरान आपने समय का सबसे अधिक सदुपयोग किया। जब आपने मन से पढ़ाई की, तब आपकी उत्पादकता अधिक रही।

क्या आपने कभी सोचा है कि ऐसा क्यों होता है?

ऐसा इसलिए होता है क्योंकि आपका अवचेतन दिमाग ज्यादा मेहनत नहीं करना चाहता। वह एक नवजात शिशु की तरह होता है। अतः हम उसे किसी भी काम को करने के लिए मजबूर नहीं कर सकते। हम कभी-कभी केवल बहाने बना कर या बहला कर उसे भटका सकते हैं।

आपने अकसर देखा होगा कि आप जब कभी किसी आवश्यक कार्य में मगन होते हैं तो आपको समय का पता ही नहीं चलता और न ही आपको उस दौरान भूख व प्यास का अनुभव होता है। आप किसी भी प्रकार के नीरस विषयों के बारे में नहीं सोचते। यह वह समय होता है जब आप बिना थके काम करते हैं और स्वयं को गौरवान्वित महसूस करते हैं। जब आपमें अपने मनपसंद कार्य करने का जूनून

सवार होता है तो आप महसूस करते हैं कि आपने बेहतर से बेहतर कार्य किया है। ऐसा इसलिए होता है क्योंकि आपके मन को ऐसा करना अच्छा लगता है। उस समय आपका मन किसी दूसरे के कहने से कार्य नहीं करता और न ही वह कड़ी मेहनत करनी पड़ती है। उस दौरान यह आपकी सहायता करता है क्योंकि आप जो कुछ अपनी इच्छा से कर रहे हैं, उसे भी अच्छा लगता है।

यदि आप कोई ऐसा कार्य कर रहे हैं जो आप दिल से नहीं करना चाहते और आपके पास इसके अलावा कोई अन्य विकल्प भी नहीं है तो मेरी सलाह है कि स्वयं को जबरदस्ती ऐसा कार्य करने से रोकें। आप जितना अधिक समय उस कार्य को करने में लगाते जाएँगे, उतना ही अधिक थकते जाएँगे जिसका परिणाम यह होगा कि आप हार कर उम्मीद करना ही छोड़ देंगे। इसके बदले मन में बेहतर कार्य करने के बारे में सोचें। अपने कार्य में रचनात्मकता लाने का प्रयास करें। हर एक घंटे के बाद कुछ न कुछ ऐसा सकारात्मक कार्य करें जिससे आपके मन में उत्तेजना तथा ऊर्जा का संचार हो। ऐसे में आप अपने किसी घनिष्ठ मित्र से बात कर सकते हैं या फिर किसी मनपसंद उपन्यास के कुछ पृष्ठ पढ़ कर स्वयं को तरोताजा महसूस कर सकते हैं। ईश्वर ने आपको जितना दिया है उससे संतोष करना सीखें और यह देखने का प्रयास करें कि ऐसे लोग भी हैं जिन्हें ईश्वर ने आपसे बहुत कम दिया है। स्वयं की तारीफ करना सीखें। बहुत जल्दी आप महसूस करेंगे कि जिस कार्य को करने में आपको बोरियत महसूस होती थी, मन में सकारात्मक विचार आने से वही कार्य आपको अच्छे लगने लगे हैं और आपको उन्हें करने में रोमांच आने लगा है।

यदि आप जबरदस्ती अपने मन को किसी कार्य करने के लिए प्ररित करते हैं तो इसका परिणाम यह होगा कि आप कभी प्रोत्साहन या मान-सम्मान नहीं पा सकते। ऐसा इसलिए होता है क्योंकि आपका मन इस दबाव को समझता है और वह इसका विरोध करने का प्रयत्न करता है।

**4. मन दूसरों के आदेश पर तेजी से काम करता है।**

यह बात समय - समय पर अनेक बार साबित की जा चुकी है। हम स्वयं अपने अंतर्मन की बात मानने से इंकार कर देते हैं। अकसर यह देखने में आता है कि हम जब कभी अपने मन को कोई आदेश देते हैं तो वह उसे स्वीकार नहीं करता किंतु

किसी अन्य व्यक्ति के आदेश पर वह तुरंत उस आदेश का पालन करता है। यही कारण है कि हम जब कुछ पढ़ते हैं तो उसके बारे में सुगमता से समझ नहीं सकते जबकि कोई अन्य व्यक्ति हमें उसके बारे में बताता है तो हमें उसका सार आसानी से समझ आ जाता है।

हिंदू मान्यताओं के अनुसार भगवान हनुमान को सभी देवताओं में सबसे अधिक शक्तिशाली माना गया है। उनके पास असीम शक्तियों का भंडार था। बचपन में उन्होंने एक लंबी छलांग लगाई और गलती से सूर्य को एक फल समझ कर अपने मुँह में निगल लिया। उनके हाथ में इतनी ताकत थी कि वे एक ही मुक्के से किसी को भी पल भर में तहस-नहस कर सकते थे। लेकिन जब वे बड़े हुए तो एक शाप के कारण अपनी सभी शक्तियों को भूल गए। भगवान राम अपनी पत्नी सीता की तलाश करने के साथ साथ रावण को चेतावनी देना चाहते थे तो उन्होंने देखा कि उनकी सेना में कोई ऐसा नहीं है जो एक लंबी छलांग लगा कर समुद्र को पार कर सके। ऐसे में जामवंत ने भगवान हनुमान को उनके भीतर छिपी हुई शक्तियों तथा बचपन के साहसिक कारनामों से परिचित कराया। जैसे ही भगवान हनुमान को अपनी शक्तियों का अहसास हुआ, वे तुरंत उठ खड़े हुए और एक लंबी छलांग लगाते हुए समुद्र को पार कर गए। वहाँ जा कर उन्होंने सुरसा, सिंहनी, लंकिनी तथा अक्षय कुमार सहित कई खूंखार राक्षसों का वध कर डाला।

हमें भी अपने जीवन में एक जामवंत जैसे व्यक्ति की आवश्यकता है जो हमें हमारे ही भीतर छिपी हुई असीम शक्तियों से अवगत करा सके। यही कारण है कि एक से एक विख्यात कंपनियों के सी.ई.ओ, नेताओं, धावकों आदि के साथ हमेशा कोई न कोई प्रशिक्षक रहता है जो समय - समय पर उन्हें प्रोत्साहित करता रहता है और उन्हें उनकी शक्तियों से अवगत कराता रहता है।

लेकिन इसके विपरीत एक कड़वी सच्चाई भी सामने आती है। जब कोई व्यक्ति हमें हमारी कमजोरियों व दोषों से अवगत कराता है या फिर हमारी निंदा करता है तो हमारा मन भी उसी दिशा में कार्य करता है। यही कारण है कि जब कोई मुझसे पूछता है कि कोई इंसान जीवन भर कैसे सकारात्मक विचारों से घिरा रह सकता है तो मेरा कहना होता है कि, 'स्वयं को सदा अच्छे लोगों के दायरे में रखने का प्रसास करें और जितना हो सके बुरे विचारों वाले व्यक्तियों से दूर रहने का प्रयास करें।'

## 5. मनुष्य का मन जिस किसी चीज की इच्छा रखता है, वह उसे पा सकता है।

यह जीवन का एकमात्र सच है। आपका दिमाग एक चुंबक की तरह है जिसमें ऐसी क्षमता है कि आप जो कुछ भी पाना चाहते हैं, वह उसे अपनी ओर आकर्षित कर सकता है।

यदि आप अपने घर से नई दिल्ली जाने के लिए निकलते हैं तो आप नई दिल्ली ही पहुँचेंगे, न्यू यॉर्क नहीं। आप न्यू यॉर्क तभी पहुँचेंगे जब आप वहाँ जाने का विचार करेंगे।

आप जब भी किसी स्थान पर पहुँचते हैं या फिर किसी लक्ष्य को पूरा करते हैं तो इसके पीछे केवल एक ही कारण होता है कि आपने उसके बारे में क्या सोचा था और अपनी सोच को पूरा करने के लिए क्या प्रयास किए।

यदि आप आपने आसपास देखें तो आपको पता चलता है कि लोग अकसर आपस में बातें करते दिखाई देते हैं कि एक न एक दिन उन्हें अच्छा वेतन प्राप्त होगा- वह तीस हजार रूपयों से ले कर एक लाख रूपयों तक हो सकता है। उनमें से अधिकतर लोग ऐसा वेतन प्राप्त करने में कामयाब भी हो जाते हैं लेकिन कड़े परिश्रम के पश्चात ही वे उन्हें ऐसी कामयाबी मिलती है। कुछ लोग ऐसे भी होते हैं जो उच्च श्रेणी का जीवन व्यतीत करना चाहते हैं। समय आने पर वे भी अपने मकसद में कामयाब हो जाते हैं जिसके बारे में उन्होंने कभी सोचा था।

जीवन का एक महत्वपूर्ण नियम यह भी है कि आप जब कभी किसी चीज के बारे में पूरी एकाग्रता के साथ बार-बार सोचते हैं तो आपका दिमाग भी कुछ समय बाद उसी दिशा में सोचना शुरू कर देता है और आपकी सोच को पूरा करने लिए आपकी सहायता करना शुरू कर देता है।

मैं अकसर लोगों से पूछता हूँ कि वे बड़ा क्यों नहीं सोचते। सच्चाई तो यह है कि लोग इस ओर ध्यान नहीं देते कि चाहे वे बड़ा सोचें या छोटा सोचें, उसमें ऊर्जा तो उतनी ही लगेगी। जबकि नकारात्मक विचारों में सकारात्मक विचारों की अपेक्षा अधिक ऊर्जा लगानी पड़ती है। शायद इसी लिए इस लोकोक्ति का जन्म हुआ है "हमेशा बड़ा सोचो।" इसके पीछे कोई न कोई तर्क अवश्य छिपा है।

**6. मन इच्छाओं में संतुलन बना सकता है।**

ऊर्जा के संरक्षण के नियम के अनुसार ऊर्जा कभी भी पैदा नहीं होती और न ही इसका विनाश किया जा सकता है। इस ब्रह्माण्ड की उत्पत्ति के समय जितनी ऊर्जा इसमें उस समय विद्यमान थी, उतनी ही ऊर्जा आज भी बरकरार है। आपका इस पृथ्वी पर होना एक सहज प्रक्रिया है और आपका अवचेतन मन भी इसी सहज प्रक्रिया से जुड़ा हुआ है और इसके अनुसार ही कार्य करता है। यह कभी भी इससे अलग नहीं हो सकता। यदि जब कभी आपका चेतन मन इस अवस्था को बिगाड़ने का प्रयत्न करता है तो आपका अवचेतन मन उसे पुनः सुधारने के लिए पूरी तत्परता से प्रयास करता है।

आपका मन कभी भी इस प्रकार के असंतुलन को स्वीकार नहीं करता। अपने आसपास के वातावरण तथा विशाल संसार को देखें और उसमें समाए हुए अनेक प्रकार के संतुलन को समझें- सकारात्मकता तथा नकारात्मकता, सही तथा गलत, अच्छा तथा बुरा, दिन व रात। इन सब में अपको सामंजस्य दिखाई देगा। आपका मन वही करता है जिसमें वह संतुलन को वापिस बहाल कर सकता है।

**7. मन की शक्ति किसी भी मापदंड से कहीं अधिक होती है।**

प्रायः यह कहा जाता है कि मन की शक्ति को कोई भी समझ नहीं सकता। यहाँ तक कि आइंस्टाइन तथा न्यूटन जैसे दिग्गज दार्शनिक भी अपने दिमाग का पाँच प्रतिशत से अधिक इस्तेमाल नहीं कर सके। यदि वास्तव में ऐसा था तो जरा सोचें कि आप और हम अपने दिमाग का कितना इस्तेमाल करते हैं? यह बात सही है कि आप चाहें तो अपने दिमाग के बल पर सब कुछ पा सकते हैं। इसकी शक्ति असीमित है। जब हम किन्हीं दो व्यक्तियों में अंतर करते हैं तो साधारणतः यह देखते हैं कि उन्होंने आज तक कितनी सफलताएँ अर्जित की हैं। यह वह पक्ष है जिसे हम आसानी से देख सकते हैं। लेकिन हम अपने दिमाग की शक्ति का अनुमान किस प्रकार लगा सकते हैं? ऐसा करने के लिए हमें अपनी सीमाओं का विस्तार करना होगा। ऐसा केवल सकारात्मक कार्य करते हुए, अपने पर पूरा भरोसा करते हुए तथा स्वयं पर ऐसा विश्वास रखते हुए ही किया जा सकता है। आपको खुद पर भरोसा होना चाहिए कि आप कोई काम कर सकते हैं।

मैं केवल इस बात से आपको अवगत कराना चाहता हूँ कि यदि आप अपने मन व ऊर्जा को इस संसार में किसी भी कार्य में लगा दें तो यकीनन एक न एक दिन आप अपने लक्ष्य को अवश्य प्राप्त कर सकते हैं।

जब आप मन के सभी नियमों को अच्छी तरह से समझ जाते हैं तो आपको भी पता चल जाता है कि आप सचमुच अपने लक्ष्य को पाना चाहते हैं। ऐसे में अपने मन को सही चित्र दिखाना आवश्यक होता है। स्वयं को कभी जबरदस्ती किसी कार्य की ओर मत धकेलें। इससे तो बेहतर है कि आप जो कुछ पाना चाहते हैं, उसकी ओर ध्यान लगाएँ। इसके बाद देखिए कि आपका जीवन किस प्रकार तेजी से बदलने लगता है।

आपकी सोच वास्तविकता में बदलने लगती है और आपको पता भी नहीं चलता कि आपके कार्य कितनी सुगमता से पूरे होते रहते हैं। स्वयं पर पूरा भरोसा रखें, उसके बाद यकीनन आप जो कुछ हासिल करना चाहते हैं, उसे पा सकते हैं।

कुछ ही दिन पहले मुझे एक महिला का फोन आया था। उसने मुझसे कहा, 'मैंने आपकी पुस्तक पढ़ी है और आपके वीडियो भी देखे हैं, इसलिए मैं आपसे बात करना चाहती हूँ।' उसने मुझसे बहुत विनम्रता से आग्रह किया कि वह अपनी कहानी मुझे सुनाना चाहती है। उसकी बातें सुनकर मुझे भी बहुत उत्सुकता होने लगी और मैंने उसकी कहानी सुनी। वह कुछ इस प्रकार हैः

वह महिला भारत के एक छोटे से किंतु अत्यंत खूबसूरत पर्वतीय प्रदेश शिलांग से संबंध रखती थी। शिलांग मेघालय की राजधानी है। यह भारत के उत्तर-पूर्व भाग में स्थित है।

शिलांग को अकसर 'पूर्व का स्कॉटलैंड' कहा जाता है। उस महिला को जब इस बात का पता चला तो उस समय उसकी आयु बारह वर्ष की थी। उसके बाद से उसके मन में यह हार्दिक इच्छा थी कि वह स्कॉटलैंड जा कर घूमना चाहती है। वह घंटों पुस्तकों तथा पत्रिकाओं के माध्यम उस स्थान के बारे में जानकारी एकत्रित करने लगी और वहाँ की तस्वीरों से अनुमान लगाने लगी कि स्कॉटलैंड कैसा देश है, वहाँ रहने वाले लोग कैसे हैं। उसने स्कॉटलैंड का इतिहास भी पढ़ा और वहाँ की प्रमुख ऐतिहासिक इमारतों की जानकारी भी एकत्रित की। स्कॉटलैंड जाने का खर्च भी

ऐसा था जो आसानी से व्यय किया जा सकता था। वैसे भी इन सबकी जानकारी किसी पर्यटक पुस्तिका अथवा समाचार पत्र आदि से आसानी से मिल जाती है कि स्कॉटलैंड हनीमून के लिए एक अत्यंत खूबसूरत स्थान है। यहाँ बर्फबारी के दिनों में सामान्य जनजीवन भी अस्त व्यस्त हो जाता है। कुछ दिनों के बाद उसके स्कूल के एक मित्र ने उसे बताया कि उसका एक मित्र है जो शिलांग घूमने के लिए आ रहा है। इसके बाद क्या हुआ, क्या आप अनुमान लगा सकते हैं? वह लड़का स्कॉटलैंड से आ रहा था!

थोड़े ही दिनों में उनके स्कूल की एक टीचर की विदाई की पार्टी थी क्योंकि उसका विवाह होने जा रहा था। इसके लिए स्कूल में एक भव्य समारोह का आयोजन किया गया। वह विवाह के पश्चात स्कॉटलैंड में बसने जा रही थी। "कितनी हैरानी की बात," उसने सोचा, 'मुझे अचानक स्कॉटलैंड से जुड़ी बातें ही क्यों सुनने को मिल रही हैं?'

कुछ दिनों के बाद उसने अपने जीजा जी को उनके मित्रों के साथ स्कॉटलैंड में बोली जाने वाली अंग्रेजी भाषा के बारे में बातें करते हुए सुना। वे कह रहे थे कि यह भाषा ब्रिटेन में बोली जाने वाली भाषा से कुछ अलग है। उनकी बातें सुनकर उस महिला को ऐसा लगा जैसे वह पूरी तरह से स्कॉटलैंड में चली गई है।

लेकिन जैसे-जैसे समय बीतता गया, वह अपनी स्कॉटलैंड जाने की इच्छा को भूल गई। यदि कोई उससे इस प्रकार की बातें भी करता कि, "अच्छा शिलांग! यह तो वही स्थान है न जो किसी पर्वत पर स्थित है। मैंने सुना है कि यह बहुत सुंदर स्थान है।" इसके बदले में वह उसे गर्व से जवाब देती, "हाँ। यह बहुत खूबसूरत स्थान है। इसे पूर्व का स्कॉटलैंड भी कहा जाता है।"

बाद में जब उस महिला की आयु विवाह लायक हो गई तो उसके लिए एक से बढ़कर एक रिश्ते आने लगे। उनमें से अधिकतर रिश्ते स्कॉटलैंड से थे। हालांकि उनमें से किसी पर भी गौर नहीं किया गया किंतु फिर भी ऐसे रिश्तों के प्रस्ताव से उसकी स्कॉटलैंड जाने की इच्छा एक बार फिर से जागने लगी। आखिरकार उस महिला का विवाह हो गया और वह दिल्ली आ कर बस गई। विवाह के एक सप्ताह के पश्चात उसके पति ने उसे हनीमून पर जाने की खुशखबरी सुनाई और उसे बताया कि वे कहाँ जा रहे हैं- आपने सही अनुमान लगाया, स्कॉटलैंड!

देश के एक दूरदराज इलाके में रहने वाली, स्कूल में पढ़ने वाली एक लड़की ने जो सपना देखा था, वह अब पूरा होने जा रहा था। उसने इस बड़े सपने को देखने के लिए कड़े प्रयत्न किए थे, जिसके कारण उसकी यह इच्छा पूरी होने जा रही थी। इस ब्रह्माण्ड ने उससे कहा 'तथास्तु'। यही नहीं, उस महिला के कुछ अन्य सपने भी थे जो आगे चल कर वे भी पूरे हुए। इनमें से एक सपना था- अपने रूपयों से लाल रंग की खूबसूरत सी कार खरीदना और अपने मनपसंद व्यक्ति से विवाह करना। जिस समय वह एक नन्ही लड़की थी, उसे नहीं मालूम था कि संयम किसे कहते हैं, शायद इसी लिए उसने बड़ी से बड़ी इच्छाओं की कल्पना की।

यदि आपने यह कहानी ध्यान से पढ़ी हो तो आपको पता चल गया होगा कि इस महिला ने जाने-अनजाने मन के सभी नियमों का पालन किया था। कुछ ऐसा ही हम सभी को करना होता है। हम भी ब्रह्माण्ड के सभी नियमों का पालन करते हैं क्योंकि जीवन जीने के लिए इसके अलावा कोई उपाय नहीं होता। लेकिन दुर्भाग्य से हम लोगों में से अधिकतर लोग इन नियमों को जानते तक नहीं।

मेरी यह हार्दिक इच्छा थी कि मैं दूसरों के लिए कुछ करूँ लेकिन समझ नहीं आता था कि दिल की यह बात पूरी कैसे होगी। इसलिए मैंने अपनी नौकरी से इस्तीफा दे दिया और आई.आई.बी.एस.आर. नाम की एक कंपनी खोली। मुझे कंपनी चलाने का कोई तर्जुबा नहीं था और न ही यह मालूम था कि उद्योगपति कैसे बना जाता है। मैंने अपनी कंपनी में कुछ लोगों की नियुक्ति भी की लेकिन यह नहीं जानता था कि उनसे किस प्रकार काम लेना है। मैं कुछ ऐसे लोगों को भी जानता था जो बहुत अच्छी तरह से काम करना जानते थे लेकिन मैं उन्हें अपनी कंपनी में शामिल नहीं करना चाहता था। अंत में एक ऐसा समय आया जब मुझे ही उन्हें नौकरी छोड़ने के लिए कहना पड़ा या उनमें से कुछ स्वयं ही छोड़ कर चले गए।

मेरे साथ कुछ ऐसे लोग भी थे जिन्हें निकाला जा सकता था। हालांकि मुझे काम करने का बिलकुल भी तर्जुबा नहीं था लेकिन फिर भी मैं उन भयानक परिस्थितियों में ज्यों का त्यों खड़ा ही रहा। यह सब मेरे अज्ञान के कारण हुआ जिसने मुझे ऐसी परिस्थितियों में ला कर खड़ा कर दिया। क्या मैं नहीं जानता था कि मुझे इन लोगों से कैसे काम लेना है। मैं जानता हूं कि उस समय के हालात कुछ और ही थे।

अधिकतर लोग यह नहीं जानते कि यदि वे कुछ सीखना चाहते हैं या कुछ याद रखना चाहते हैं तो वे कम्प्यूटर की गति की तरह ऐसा कर सकते हैं। वे अभी भी सूचनाओं को इकट्ठा करने के लिए अपने मन की शक्तियों का इस्तेमाल करते हैं। मैं भी उन जैसा ही था, लेकिन फिर मेरी मुलाकात एक ऐसे व्यक्ति से हुई जो केवल पाँच मिनट में सौ शब्द सीख सकता था और उन्हें दोबारा दोहरा भी सकता था। उसमें ऐसी क्षमता थी कि पाँच मिनट के बाद ही वह उन शब्दों को उल्टे क्रम से करके दोहरा सकता था। मैं उसे देख कर बहुत हैरान हुआ और उससे पूछा कि वह ऐसा कैसे कर लेता है। उसने मुझे जवाब दिया, 'तुम भी ऐसा करना सीख सकते हो। ऐसा सीखने के लिए केवल तीन दिन का ही समय लगेगा।' मैंने भी उससे वह सब सीखा और जान लिया कि अब मैं भी वैसा कर सकता हूँ। मैं अपने ही मन की शक्तियों से अनजान था, लेकिन जिस क्षण मुझे यह सब समझ में आया, मैंने उसी क्षण से इसका बेहतर से बेहतर इस्तेमाल करना शुरू कर दिया। अब तो मैं यह कला आपको भी सिखा सकता हूँ और वह भी मात्र चौबीस घंटों में।

यह कोई रॉकेट विज्ञान जैसी तकनीक नहीं है, लेकिन यह आपके मन को एक अंतर्दृष्टि प्रदान करती है जिसकी सहायता से आप अपने मन से जो कुछ भी इच्छा रखते हैं, उसे पा सकते हैं।

आपके पास भी दिमाग के रूप में असंख्य शक्तियाँ हैं। लेकिन यदि आपको अच्छा परिणाम चाहिए तो आपको इन शक्तियों से अच्छी तरह से काम लेने की कला सीखनी होगी। अधिकतर लोग इन शक्तियों का इस्तेमाल तो कर लेते हैं किंतु उन्हें सही रास्ते का ज्ञान नहीं होता। मुझे पूरा यकीन है कि आप अपने जीवन को बेहतर से बेहतर बना सकते हैं। अतः मैं कुछ रहस्य आपको बताना चाहता हूँ जिससे आप भी आसानी से अपने लक्ष्य तक पहुँच सकते हैं।

ब्रह्माण्ड से जब कोई चीज माँगी जाती है तो वह उसे यकीनन पूरा करता है। आप जब भी उससे कुछ माँगते हैं तो वह कहता है 'तथास्तु'। आप जब कभी किसी खास रास्ते पर चलते हैं तो वह कहता है, 'मैं तुम्हें तुम्हारी हर मनोकामना पूरी करूँगा।' आप जब भी कुछ कहते हैं, वह इसे आपकी एक इच्छा के रूप में ग्रहण करता है। ब्रह्माण्ड का स्वयं का कोई मन नहीं है। यह केवल कार्य करता रहता है। इसके अच्छा या बुरा अथवा सही या गलत में अंतर समझने की क्षमता भी नहीं है।

प्रायः ऐसा कहा जाता है कि यदि हम अच्छी से अच्छी किसी चीज को ग्रहण करने से भी इंकार कर देते हैं तो हमें कभी न कभी सबसे अच्छी वस्तु ही मिलती है।

वास्तव में मन की शक्ति का अर्थ क्या है - आकर्षण का नियम अथवा ब्रह्माण्ड की शक्तियाँ? वे कैसे कार्य करती हैं? क्या यह सब हमें प्रोत्साहित करने के लिए कहे जाने वाले वाक्य मात्र हैं अथवा इनका कोई सार्थक तात्पर्य है?

यह संसार एक चुंबक की तरह है। हमारा ब्रह्माण्ड एक विशाल गेंद के रूप में अनंत शक्तियों का भंडार है। यह कोई ऐसा कथन नहीं है जिसे मैं अपनी ओर से बना कर कह रहा हूँ। यह पूरी तरह से एक वैज्ञानिक तथ्य है। यदि आप आठवीं कक्षा की भौतिकी की पुस्तक खोल कर देखें तो आपको पता चलेगा कि ब्रह्माण्ड की प्रत्येक वस्तु को कई अंशों में तोड़ा जा सकता है। प्रत्येक अंश को कई परमाणुओं में तोड़ा जा सकता है जिनमें प्रोटॉन, न्यूट्रॉन तथा इलेक्ट्रॉन शामिल हैं जो विभिन्न मिश्रणों द्वारा बने होते हैं तथा यही सब मिल कर उस अंश की विशेषताएँ दर्शाते हैं। भौतिकी का अध्ययन करने से आपको पता चलता है कि ये प्रोटॉन, न्यूट्रॉन तथा इलेक्ट्रॉन कभी नहीं रुकते। वे सब आकर्षण के नियम से जुड़े हुए हैं। प्रोटॉन तथा इलेक्ट्रॉन हमेशा एक-दूसरे की ओर आकर्षित होते हैं क्योंकि प्रोटॉन धनात्मक तथा इलेक्ट्रॉन ऋणात्मक होते हैं। न्यूट्रॉन पर किसी प्रकार का कोई प्रभाव नहीं होता। वे हमेशा एक निश्चित गति से किसी एक खास स्थान पर एक निश्चित शक्ति के साथ कंपन करते रहते हैं। जब कोई अन्य अंश अपने शक्तिशाली चुंबकीय प्रभाव के साथ परमाणु पर प्रहार करने की कोशिश करता है तो उसके प्रोटॉन, इलेक्ट्रॉन तथा न्यूट्रॉन अपनी शक्ति बदल लेते हैं और प्रहार करने वाले अंश के प्रोटॉन, इलेक्ट्रॉन तथा न्यूट्रॉन से मिल कर अपना रूप बदल लेते हैं। इसके बाद वे मिल कर कोई अन्य रूप धारण कर लेते हैं।

विज्ञान हमें बताता है कि इस संसार में कुछ भी ऐसा नहीं है जिसका हम निर्माण सकते हैं या उसे नष्ट कर सकते हैं। हम उसका रूप अवश्य बदल सकते हैं लेकिन उसका अस्तित्व हमेशा बना रहता है। जब पानी को गर्म किया जाता है तो यह भाप बन जाता है। जब इसे जमा दिया जाता है तो यह बर्फ बन जाता है। यहाँ सभी अवस्थाओं की विभिन्न विशेषताएँ हैं किंतु उनके अंश वही रहते हैं- हाईड्रोजन और ऑक्सीजन का मिश्रण।

हर कोई अपनी असीम शक्ति के अनुसार कार्य करता है। इस ब्रह्माण्ड में मिट्टी के एक कण से ले कर एक मनुष्य के शरीर में शक्ति का असीम भंडार है। हम सभी एक ही नियम से संचालित किए जाते हैं- आकर्षण का नियम। इस ब्रह्माण्ड में केवल मानव ही एकमात्र ऐसा प्राणी है जिसमें सबसे अधिक आकर्षित करने की शक्ति है। जब हम कुछ सोचते हैं तो अनजाने में बहुत अधिक मात्रा में चुंबकीय संकेत इस ब्रह्माण्ड में छोड़ते हैं। हमारी सोच जितनी अधिक शक्तिशाली होती है, हमारे संकेत भी उतने ही शक्तिशाली होते हैं जो ब्रह्माण्ड में छोड़ते हैं। यदि हम धन के बारे में सोचते हैं तो हम जाने-अनजाने में उन सभी चीजों की ओर आकर्षित होते हैं जो रूपये-पैसे से खरीदी जा सकती हैं। उदाहरण के लिए यदि आपने धन इकट्ठा करने का संकल्प बना लिया है तो आपका ध्यान भी ऐसे अवसरों की ओर जाएगा जिनसे आप धन इकट्ठा कर सकते हैं। दूसरी ओर, यदि आपकी सोच में डर बैठ गया - धन के गुम हो जाने का भय, यह किसी लुटेरे द्वारा भी हो सकता है - तो यकीन मानें आपके साथ ठीक ऐसा ही होगा। धन के बारे में सोचते रहने से आप धन को अपनी ओर आकर्षित करते हैं, लेकिन यदि आपके मन में नकारात्मक विचार आते हैं तो आप निश्चित रूप से इसे गंवा सकते हैं।

यह ब्रह्माण्ड भी आकर्षण के नियम का पालन करता है क्योंकि यह संकेतों को स्वीकार करता है और उन्हें आपकी इच्छाओं से मिलाने का प्रयास करता है। कभी कोई संकेत गुम नहीं होता। कभी भी शक्तिशाली विचार आपकी आज्ञा मानने से इंकार नहीं करते। आपकी कोई भी कामना पूरी हुए बिना अधूरी नहीं रह सकती। आपकी कोई भी इच्छा ऐसी नहीं रहती जो पूरी न हो सकती हो।

ब्रह्माण्ड केवल एक बात जानता हैः आपको वह सब कैसे देना है जिसकी आपने कल्पना की है।

यह नियम किसी तर्क अथवा कारण के आधार पर कार्य नहीं करता। यह केवल इतना कहता है कि मैं तुम्हें वह सब कुछ दे सकता हूँ, जो तुम मुझसे चाहते हो। यदि कोई व्यक्ति किसी ऊँची इमारत से छलांग लगाता है तो वह मर जाएगा। इससे कोई फर्क नहीं पड़ता कि वह एक अच्छा इंसान था या बुरा। इसी प्रकार आकर्षण का नियम भी अपना काम करता है। आप ब्रह्माण्ड से माँगो, वह आपकी इच्छा पूरी करेगा। यही एकमात्र नियम है जो समस्त ब्रह्माण्ड को संचालित करता है।

आपको हर समय सचेत रहने की आवश्यकता है और यह बात सदा याद रखनी होती है। ब्रह्माण्ड के भंडार में किसी चीज की कमी नहीं है, वहाँ पृथ्वी पर रह रहे प्रत्येक व्यक्ति के लिए पर्याप्त मात्रा में असीम भंडार हैं। ब्रह्माण्ड की कोई सीमा भी नहीं है। आपको केवल इतना करना है कि उससे केवल अपनी एक इच्छा जाहिर करनी है, आप जितनी चाहे बड़ी इच्छा कर सकते हैं। आपको अपने हृदय से उस पर विश्वास रखना है। अपने भीतर इसे पनपने दें। अपनी इच्छा को मन में लिए चैन की नींद सो जाएँ क्योंकि जब हम सो रहे होते हैं तो हमारा अवचेतन मन जाग कर कार्य होता है और हमारे शक्तिशाली संकेतों को ब्रह्माण्ड को भेज रहा होता है। यह अत्यंत आवश्यक होता है कि हम अपने जीवन की सबसे बड़ी इच्छा की कामना करें और फिर अपने मन का जादू देखें।

यहाँ तीन प्रकार की प्रमुख धारणाएँ दी गई हैं जो हमारे जीवन को संचालित करती हैं। यही कारण है कि कुछ लोग संतोष कर लेते हैं और कुछ नहीं कर पाते। यह धारणाएँ इस प्रकार हैं:

1. यह विश्वास रखना कि इस दुनिया में हम जो चाहते हैं, वह कम है।

2. यह विश्वास रखना कि इस दुनिया में हम जो चाहते हैं, वह पर्याप्त मात्रा में है।

3. यह विश्वास रखना कि इस दुनिया में हम जो चाहते हैं, वह पर्याप्त से कहीं ज्यादा है।

मैं इनकी व्याख्या करता हूँ कि इनका अर्थ क्या है और यह एक व्यक्ति के जीवन में किस प्रकार की भूमिका अदा करती हैं। आइए सबसे पहली धारणा से शुरूआत करते हैं:

## 1. यह विश्वास रखना कि इस दुनिया में हम जो चाहते हैं, वह कम है।

जो लोग इस श्रेणी से संबंध रखते हैं, उनकी सोच बहुत सीमित होती है। ऐसे लोगों का यह मानना होता है कि इस संसार में सब कुछ बहुत कम मात्रा में उपलब्ध है। ऐसे लोगों के सपने भी बहुत बड़े नहीं होते क्योंकि उनका मानना है कि सपने इंसान

को लालच देते हैं और लालची इंसान तो अपने आप में बुरा व्यक्ति होता है। वे ऐसा भी मानते हैं कि यदि वे सपने देखेंगे, किसी चीज के बारे में इच्छा करेंगे तो उनकी कामना कभी पूरी नहीं होगी। डर का साया हमेशा उनका पीछा करता रहता है जिसका परिणाम यह होता है कि वे स्वयं की उपलब्धियों पर भी शक करने लगते हैं। उन्हें ऐसा लगने लगता है कि वे कभी कुछ नहीं कर सकते।

आप कभी ऐसे लोगों से पूछ कर देखिए, "जो लोग ऐसे कार्य करने में कामयाब हो जाते हैं, उनके बारे में आपका क्या विचार है?"

वे यही जवाब देंगे, "वह थोड़ा अलग है। मैं तो बहुत साधारण सा इंसान हूँ। मेरा भाग्य भी उससे अच्छा नहीं है। हर कोई इतना भाग्यशाली नहीं होता कि उसे जीवन में सब कुछ मिले।" इस प्रकार की सोच से इंसान में मानसिकता की कमी का पता चलता है।

मैं कई लोगों से मिलता रहता हूँ तो अकसर मुझसे कहते हैं, 'मैं जब कभी अपनी मंजिल पर पहुँच जाऊँगा तो मुझे बहुत खुशी होगी।' और जब मैं उनसे यह पूछता हूँ कि क्या वे इस समय खुश नहीं हैं तो वे कहते हैं, 'मुझे नहीं पता, लेकिन जब मैं अपने निर्धारित लक्ष्य को पा लूँगा तो निःसंकोच मुझे बहुत प्रसन्नता होगी।' वाह! कैसी व्यंग्यात्मक धारणा है। ऐसा कैसे हो सकता है कि जब आप स्वयं ही अपने जीवन को बनाते-संवारते हैं और उसे नई दिशा प्रदान करते हैं तो उसके बावजूद भी आप उदास रहते हैं?

मैं आपको चेतावनी देता हूँ कि यदि आप इसी तरह उदास रहते हुए ब्रह्माण्ड को अपना कोई संदेश भेजते हैं तो यह धारणा बन जाती है कि, "मेरे जीवन में कुछ कमी है।" यदि आपको मेरी अभी तक कही गई बातें समझ आ गई हैं तो आप समझ गए होंगे कि ब्रह्माण्ड केवल आपके विचारों और भावनाओं का जवाब देता है। यदि आप ब्रह्माण्ड के अस्तित्व में विश्वास नहीं रखते तो यकीनन आप उदास, चिंतित और बुझे-बुझे से रहेंगे।

यही विश्वास ही लोगों की सोच का प्रमुख कारण है जिनमें से 80 प्रतिशत लोग मेहनत करते हुए अपने सपनों को साकार करने में लगे हुए हैं और 20 प्रतिशत लोग ऐसे हैं जिन्होंने अपने सपनों को जान लिया है।

यदि आप अपने जीवन में जादुई तरीके से कुछ बदलाव लाना चाहते हैं तो आपको इस तुच्छ सोच से ऊपर उठना होगा और यह विश्वास करना होगा कि इस ब्रह्माण्ड में सभी के लिए पर्याप्त मात्रा में भंडार हैं। ब्रह्माण्ड में किसी प्रकार की कोई कमी नहीं। कमी केवल आपके दिमाग में है। हर समस्या आपकी स्वयं की बनाई हुई है।

मैं आपको अपने जीवन का एक उदाहरण देता हूँ। मेरा जन्म राजस्थान के अजमेर जिले के खतौली नामक गाँव में हुआ था। मैं एक साधारण से परिवार से संबंध रखता था। मेरे पिता एक किसान थे और हमारा जीवन बहुत मुश्किल से चलता था क्योंकि परिवार में हम सब के लिए पर्याप्त साधन नहीं थे। लेकिन फिर भी मेरे पिता जी हमेशा सबसे यही कहा करते थे कि उनके पास सबकी शिक्षा के लिए भरपूर रूपयों का इंतजाम है।

इस समय बर्फ की रंगीन आईसक्रीम की कीमत 50 पैसे हुआ करती थी। हमारी गली के कोने में एक सोलह साल का नौजवान उस समय यह आईसक्रीम बेचा करता था। इस प्रकार की चीज मिलना हमारे लिए किसी सौगात से कम न होता था। सबसे बड़ी बात यह भी थी कि हम लोग आसानी से इसे खरीद सकते थे।

जैसे-जैसे मैं बड़ा होता गया, मेरे पिता जी मेरी पढ़ाई के लिए पैसों का इंतजाम करते गए ताकि मैं एन.आई.आई.टी से कम्प्यूटर की पढ़ाई पूरी कर सकूँ। मेरी पढ़ाई बहुत अच्छी चल रही थी लेकिन मेरे साथ समस्या यह थी कि मैं अंग्रेजी में कमजोर था। मेरे लिए अंग्रेजी के शब्दों को जोड़कर बोलना बहुत बड़ी समस्या थी। जिस समय मुझे अपने इंस्टीट्यूट में अंग्रेजी में अपना पहला व्याख्यान देना था तो मेरे लिए विकट समस्या उठ खड़ी हुई। मैं स्टेज पर गया तो केवल हकलाता रह गया और कुछ न कह सका। यह वह समय था जब मैंने जान लिया कि मुझे इस विषय में कुछ न कुछ तो अवश्य करना होगा। कुछ सप्ताह के बाद इंस्टीट्यूट में एक ऐसा समारोह आयोजित किया गया जिसमें हम सबसे मजाकिया सवाल पूछे जाने थे। मुझसे यह सवाल पूछा गया कि यदि मैं किसी ऐसी महिला से विवाह करना चाहता हूँ जो आयु में मुझसे सात साल बड़ी है तो मैं अपने माता-पिता को किस प्रकार राजी करूँगा। सवाल अंग्रेजी में था! मुझे 'convince' का अर्थ नहीं पता था। मैं केवल इतना ही कह पाया, "मैं भाग कर विवाह कर लूँगा।" मैंने हिंदी में भी इसका जवाब दिया। सभागार मैं बैठे सभी पाँच सौ लोग मेरी बात सुन कर हँसने लगे। तभी मैंने

एक व्यक्ति को कहते हुए सुना, "कृपया सवाल को हिंदी में दोहराओ ताकि जो लोग अंग्रेजी नहीं समझते वे भी इसे समझ सकें।"

मैं बहुत निराश हो गया और यह घटना कई दिनों तक मुझे अंदर ही अंदर चुभती रही। मैंने अंग्रेजी सीखने की कोशिश की, लेकिन मुझे अधिक सफलता नहीं मिल सकी। लेकिन मैं अपने फैसले पर अड़ा रहा कि मैंने खेती नहीं करनी, किसी कारखाने में काम नहीं करना, किसी फैक्टरियों में किसी प्रकार का माल सप्लाई नहीं करना। मुझे यह तो पता नहीं था कि मैंने वास्तव में क्या करना है लेकिन इतना अवश्य जानता था कि मैं आम लोगों से थोड़ा हट कर कुछ करना चाहता हूँ। मैं कुछ ऐसा करना चाहता था जिसे करते हुए मुझे आनंद आए लेकिन वह काम क्या था, मैं नहीं जानता था। मेरी इसी सोच ने मुझे अंग्रेजी सीखने के लिए प्रोत्साहित किया और कुछ समय बाद मैं अंग्रेजी के कुछ शब्द बोलना भी सीख गया। फिर मुझे कॉल सेंटर में एक नौकरी मिल गई। लेकिन जल्दी ही मुझे वहाँ से निकाल दिया गया। वहाँ के प्रशिक्षण विभाग ने कहा कि मेरी अंग्रेजी में पकड़ थोड़ी कम है। मुझे प्रशिक्षण नहीं दिया जा सकता!

उसके बाद, एक के बाद एक करके मैंने पाँच कंपनियों के साथ कार्य किया। हैरानी की बात थी कि वे सब या तो बंद हो गई या मुझे उनमें से बाहर निकाल दिया गया। मेरे लिए शायद यह भी एक संकेत था कि मुझे कुछ अलग करना था। मुझे ब्रह्माण्ड से संपर्क स्थापित करने में थोड़ा समय लग गया। तब तक मैं मन ही मन स्वयं को एक हारा हुआ और निराश इंसान समझता रहा। मैं कभी कामयाब इंसान नहीं बन सकता, यह बात मेरे दिमाग की गहराई में बैठती चली गई। मैं रोजाना सुबह तैयार हो कर घर से निकल पड़ता और यह जानते हुए कि मेरी कोई भी कोशिश काम नहीं आएगी, मैं कहीं न कहीं इंटरव्यू देने के लिए जाता। जैसा कि मैं स्वयं ही पूर्वानुमान लगा लिया करता था, शाम को मैं एक हारे हुए व्यक्ति की तरह घर वापिस आ जाता। उस समय मुझे ऐसा लगता जैसे किसी पुरानी बॉलीवुड मूवी का कोई सीन चल रहा हो जिसमें एक नायक तो खड़ा है लेकिन उसके आसपास सभी कैमरे बंद हैं। मुझे ऐसा लगने लगा जैसे इस संसार में अब कुछ नहीं बचा, कम से कम मेरे लिए। मैं अधिक नहीं चाहता था। मैंने कभी बड़े सपने भी नहीं देखे। मैं केवल थोड़ी सी शान के साथ जीना चाहता था, जिससे मैं अभी तक वंचित था।

आगे चल कर मैंने अपने जीवन के बीते हुए दिनों के बारे में सोचा। मैंने अपने बचपन की कुछ यादों को महसूस किया कि मेरे माता-पिता कड़ी मेहनत करते थे, मेरे मित्र भी मेहनत करते थे, मेरे रिश्तेदार भी मेहनत करते थे, गाँव के सभी लोग मेहनत करते थे- इन सभी ने मेरे अंदर एक ऐसा विश्वास जगाया जिससे मुझे पता चला कि जीवन किसी के लिए भी आसान नहीं है। मेरे ही भीतर कमी थी। मुझे तब तक इन बातों का ज्ञान नहीं था जब तक मैं किसी पहुँचे हुए ज्ञानी लोगों तथा सच्चे महापुरुषों से नहीं मिला। उन्होंने मुझे इस बात से अवगत कराया कि मेरे भीतर क्या-क्या करने की योग्यता है। मेरे जीवन में सबसे बड़ा बदलाव उस समय आया जब मैं यह समझ गया कि मेरे पास तो सब कुछ है, लेकिन सबसे पहले मुझे स्वयं को अपने भीतर छिपी शक्तियों का इस्तेमाल करने के लिए तैयार करना होगा। मेरे भीतर छिपा एक विद्यार्थी यह सब सीखने के लिए तैयार था। मैं एक के बाद एक करके कई गुरुओं से मिला, उन्होंने मुझे विभिन्न प्रकार ही शिक्षाएँ दीं और अपनी ज्ञान से भरी बातों से मेरा मार्गदर्शन किया।

मेरी जीवन यात्रा के दौरान मुझे जिस गुरु ने सबसे अधिक प्रभावित किया, उनका नाम है श्री नित्या शांति। वे जंगलों में रहने वाले एक बौद्ध भिक्षु थे जो अब विश्व भर के लोगों का अपने प्रवचनों से उद्धार करते हैं। मैं जब पहली बार उनसे मिला तो मैंने उन्हें बताया कि मैं जब ऐसे लोगों से मिलता हूँ जो मुझसे कहीं अधिक समझदार, विद्वान और पढ़े-लिखे हैं तो स्वयं को उनके सामने तुच्छ पाता हूँ। मैं स्वयं को अनपढ़ समझने लगता हूँ और ऐसे में मुझे समझ नहीं आता कि मैं अपने सपनों को कैसे साकार करूँ।

जब श्री नित्या शांति ने मेरी बात सुनी तो वे बोले, 'क्या तुम एक तबले का मुकाबला एक सितार से कर सकते हो? एक सितार का मुकाबला किसी गिटार से कर सकते हो? एक गिटार का मुकाबला किसी बाँसुरी से कर सकते हो?'

'नहीं,' मैंने जवाब दिया।

'क्या किसी टमाटर की तुलना किसी आलू से की जा सकती है? एक आलू की तुलना किसी मूली से की जा सकती है?'

मैंने फिर से 'नहीं' में जवाब दिया।

उन्होंने कहा, ' भूपेंद्र, हम सब एक जैसे इंसान हैं और हमें किसी दूसरे से तुलना करने की कोई आवश्यकता नहीं है। सभी इंसानों को इस संसार में अपनी-अपनी भूमिका अदा करने के लिए भेजा गया है। जब हम किसी अपनी तुलना किसी अन्य व्यक्ति से करते हैं तो अप्रत्यक्ष रूप से हम अपने जन्मदाता की बुराई करते हैं और उसे इस बात के लिए दोषी ठहराते हैं कि उसने हमें ऐसा क्यों बनाया।'

उन्होंने फिर कहा, "हम जैसे हैं वैसे ही अच्छे हैं। हमारे भीतर जितना ज्ञान है, वह हमारे लिए पर्याप्त है। हमें केवल यह जानने की आवश्यकता है कि हम स्वयं को बड़ा कैसे मानें।"

श्री नित्या शांति की बातें सुनकर मैं भ्रम में पड़ गया। मैं समझ नहीं पा रहा था कि वे क्या कहना चाह रहे हैं। मैंने उनसे पूछा कि उनकी बातों का अर्थ क्या है। वे बोले, 'क्या तुम इस बात का जवाब दे सकते हो कि गौतम बुद्ध, भगवान महावीर तथा स्वामी विवेकानंद को इतना अधिक ज्ञान कहाँ से मिला? तुम समझते हो कि उन्होंने इस ब्रह्माण्ड की सारी पुस्तकों का अध्ययन किया था? या फिर उनके पास गूगल जैसा सहायता करने वाला कोई तरीका था?'

मैंने तुरंत 'नहीं' में जवाब दिया।

उन्होंने अपनी बात जारी रखते हुए कहा, 'उन्होंने इतना विशाल ज्ञान स्वयं को अपने से जोड़ते हुए पाया, उन्होंने अपने ही मन की शक्तियों से स्वयं को जोड़ा, वे अपने ही बनाए हुए नियमों पर विश्वास रखते थे और हमेशा अपने जन्मदाता के प्रति आस्था रखते थे।'

उस दिन के बाद से मैंने अपने गुरु के दिखाए गए रास्ते पर चलना शुरु कर दिया। मैं अपने बारे में अच्छे से अच्छा सोचने लगा और अपने मन से यह बात निकाल दी कि मेरे अंदर कोई कमी है।

इस प्रकार की सोच वाले लोग ब्रह्माण्ड से कुछ ज्यादा नहीं माँग सकते। वे बूढ़े होते जाते हैं और मर जाते हैं। उनमे से केवल कुछ ही ऐसे होते हैं जो शान से अपना जीवन जीते हैं।

## 2. यह विश्वास रखना कि इस दुनिया में हम जो चाहते हैं, वह पर्याप्त मात्रा में है।

जब आप अधिक धन की इच्छा करते हैं तो आपको अपनी प्रार्थनाओं की संख्या बढ़ाये हुए आभार भी प्रकट करना चाहिए है। यह अच्छी बात है कि आप एक नई कार चाहते हैं लेकिन इस समय जो कार आपके पास है उसके लिए भी ईश्वर का धन्यवाद करें। यदि आप एक स्वस्थ शरीर की कामना करते हैं तो इस बात का भी धन्यवाद करें कि आपके पास इस समय भी अच्छा शरीर है। यदि आप बहुत अधिक गरीब हैं तो इस बात का धन्यवाद करें कि ईश्वर ने अभी तक आपको जीवित रखा हुआ है और इसके पीछे भी कोई न कोई कारण है। कुछ लोग अपने जीवन में बहुत सी कठिनाईयों का सामना करते हैं लेकिन वे अपनी सकारात्मक सोच से उन पर भी विजय पा लेते हैं। ऐसे लोग बहुत तेजी से परिकल्पनाएँ करते हैं कि उन्होंने अब तक क्या पाया है और उन्हीं परिकल्पनाओं के आधार पर उछल कर दोबारा ऊपर तक आ जाते हैं जैसे ट्रैंपोलिन पर छलांग लगाने से हम ऊपर की ओर उछलते हैं।

ऐसे लोग बहुत कम होते हैं जो इस प्रकार की बातों में विश्वास रखते हैं, फिर क्या होता है? वे लोग खुशहाली से भरा सुखद जीवन व्यतीत करते हैं।

क्या आपने इस बात का अंदाजा लगाया है कि कुछ लोग अन्य लोगों की अपेक्षा कम चिंता करते हैं। ऐसा इसलिए होता है क्योंकि उनका मानना है कि जीवन जैसा चल रहा है, उसे चलने दें। ऐसे लोगों के विश्वास करने का एक तरीका होता है और मुझे यकीन है कि यह तरीका पहले वाले तरीके से कहीं बेहतर है।

मैं अपने अनुभव से आपको एक और उदाहरण देता हूँ।

मेरी असफलता ने मुझे हतोत्साहित करना शुरू कर दिया और बजाय इसके कि मैं किसी नई कंपनी में जा कर फिर से इंटरव्यू देता, मैंने इन सबसे छुटकारा पाने का निश्चय कर लिया- आत्महत्या।

जी हाँ, आपने सही पढ़ा- मैं अपनी जीवन लीला समाप्त करना चाहता था। मैंने आत्महत्या के ऐसे कई कारणों के बारे में सोचा जिसमें कम से कम दर्द हो। मैं स्वयं

से कहता, 'क्या किसी ऊँची इमारत से कूदने में पानी में डूब जाने की अपेक्षा कम दर्द होगा? क्या मैं अपनी कलाई की नस काट लूँ? या फिर मैं नींद की कोई गोलयाँ खा लूँ?" फिर मैंने यह निर्णय लिया कि मैं जा कर किसी रेल की पटरी पर लेट जाऊँगा और बाकी का काम इंजन स्वयं कर लेगा। ऐसा सोच कर मैं रेलवे स्टेशन की ओर चल पड़ा और अचानक वहाँ मुझे मेरा एक मित्र मिल गया जो मुझे अपने किसी मित्र के जन्मदिन की पार्टी में ले गया।

मैं भी उस पार्टी में गया।

और वह समय भी बीत गया।

बाद में मैंने महसूस किया कि आत्महत्या करना मेरे लिए तो अच्छा होता। लेकिन इससे मेरे परिजनों को बहुत दुःख होता। अब मेरे पास कोई चारा नहीं था। अतः मैंने फिर से यू-टर्न लिया और पहले वाली स्थिति पर आ गया। और इस समय मैंने ठीक ही किया, स्वयं को थोड़ा-थोड़ा करके संभाला। ऐसा तब तक चलता गया जब तक मैंने इस ओर अपना ध्यान केंद्रित नहीं कर लिया कि मेरे पास क्या नही है- मेरे पास उच्च शिक्षा नहीं है, मेरे पास धन की कमी है, मैं ठीक से अंग्रेजी नहीं बोल सकता, मेरे पास कोई नौकरी नहीं है। जिस समय मैं यह सब सोच रहा था, उसी दौरान मैंने सोचा कि क्यों न ऐसी चीजों की एक लिस्ट बनाई जाए जो मेरे पास है, बस फिर क्या था मैंने वह लिस्ट बना डाली।

मैंने लिस्ट बनानी शुरु की- मैं पूरी तरह से जीवित हूँ और मेरे पास एक स्वस्थ और काम करने योग्य शरीर व दिमाग है। क्या यह अच्छी शुरूआत नहीं है? मेरे पास कुछ शिक्षा भी है, थोड़ा धन भी है और में एक ऐसा नौजवान हूँ जो सभी तरह के काम कर सकता है।

मैं इस तरह की बातें लिखता गया और पहली बार अपने बारे में सुखद अनुभव महसूस किया। उसके बाद मैंने इसे एक आदत में बदल लिया। मैं हमेशा ऐसा सोचता कि जो कुछ मुझे पाना है, वह तो पहले से मेरे पास है। ऐसा सोचने से मैं अपने सभी तनावों तथा परेशानियों से चिंतामुक्त हो गया। मैंने अपने भीतर बहुत शांति का अनुभव किया। मुझे ऐसा लगने लगा जैसे में चारों ओर से लोगों की दुआओं से घिर हुआ हूँ और मैं इस संसार में अकेला नहीं हूँ। मेरे माता-पिता और

मित्र मुझसे बेहद स्नेह करते हैं और मैं भी सदा उनके भरोसे रह सकता हूँ। वे सब तो हमेशा से मेरे साथ थे, केवल मैं ही उन्हें नहीं देख पाता था क्योंकि मैं अपने दुर्भाग्य को कोसता रहता था। धीरे-धीरे मुझे सबका आशीर्वाद मिलने लगा और मेरे अंदर सकारात्मक ऊर्जा आने लगी।

जब मैं थोड़ा और बड़ा हुआ तो अपने पहले गुरु से मिला। उन्होंने मुझे जीवन में सफलता हासिल करने का मंत्र बताया। वे बोले, 'अपने पास एक डायरी रखो और उसमें अपनी रोजाना की दस उपलब्धियों को लिखा करो।'

मैंने उनसे पूछा, 'सर! मैंने आज तक अपने जीवन में दस उपलब्धियाँ हासिल नहीं की हैं और आप मुझे रोजाना की दस उपलब्धियाँ लिखने को कह रहे हैं!'

उन्होंने जवाब दिया, 'हाँ, दस उपलब्धियाँ रोजाना। वे उपलब्धियाँ बहुत छोटी-छोटी भी हो सकती हैं जैसे किसी के चेहरे पर मुस्कुराहट लाना, किसी व्यक्ति की प्रशंसा करना आदि।'

चूंकि मैं इस पर विश्वास करने लग गया था और मुझे लगने लगा था कि यह मुझे सफलता प्राप्त करने में काफी लाभदायक हो सकता है, अतः मैंने अपने गुरु के आदेश का पालन करना शुरू कर दिया। मैंने वैसा ही किया जैसा वे चाहते थे।

मेरे पास एक छोटी सी डायरी थी जिस मैं 'विक्टरी जर्नल' के नाम से पुकारता था। मैंने उसमें रोजाना की दस उपलब्धियाँ लिखनी शुरू कर दीं।

यहाँ मैं अपने विक्टरी जर्नल में लिखी गई कुछ उपलब्धियों का विवरण दे रहा हूँ:

- हुर्रे! आज मैं समय पर ऑफिस पहुँच गया।

- मैंने समय पर अपना काम समाप्त कर लिया और मुझे इस बात की खुशी है।

- मैंने अपने मित्र की बाईक ठीक करने में उसकी मदद की जिसकी मुझे बेहद खुशी है।

मैंने इन सभी कार्यों में केवल थोड़ी सी मेहनत की लेकिन इनका असर काफी गहरा था। यह सब करने से मुझे कुछ हासिल नहीं होना था लेकिन मैं जानता था कि मुझे

यह सब करना ही है। मैं ऐसा करना भी चाहता था। इसलिए मैं ऐसा बार-बार करता गया और हर बार मेरे अंदर एक नया आत्मविश्वास जागता गया। हैरानी की बात यह हुई कि धीरे-धीरे मैं स्वयं से प्रेम करने लगा। जब मैं शीशे के आगे खड़ा होता तो मुझे एक हैंडसम युवक खड़ा दिखाई देता। मुझे उसे देख कर हँसी आ जाती।

मैं दिन प्रतिदिन मेहनत करता गया और एक बार में हजारों लोगों को अपने कार्यक्रम के सत्र में भाषण दे सकता था।

मेरे लिए यह अच्छी बात थी कि मैं हिंदी से पीछे हटता गया क्योंकि मेरे सत्र में आने वाले लोग अंग्रेजी बोलते थे।

मेरे लिए यह एक अच्छी बात थी कि मैं यह भूल गया कि अंग्रेजी मेरी मातृभाषा नहीं है।

मैं बहुत खुश था। अब मेरे पास दिन समाप्त होने तक ऐसा बहुत कुछ होता था जिसके लिए मैं ईश्वर को धन्यवाद कह सकता था और मेरी विक्टरी जर्नल में लिखने के लिए भी पर्याप्त सामग्री थी। मैं नहीं जानता था कि इस प्रकार के छोटे-छोटे नेक कार्यों का अंजाम इतना अच्छा हो सकता है। मैं हर पल स्वयं को बदलते हुए देख रहा था। मैं यह भी देख सकता था कि मेरे अंदर रोजाना एक नई ऊर्जा का संचार होता जा रहा है।

यह वह समय था जब 'संकल्प की शक्ति' नामक एक विचार से मेरा परिचय हुआ।

ऐसा माना जाता है कि इस संसार में प्रत्येक प्राणी किसी न किसी खास उद्देश्य के लिए पैदा हुआ है। ईश्वर ने हमें इस धरती पर इसलिए नहीं भेजा कि हम भीड़ बढ़ाते जाएँ। और उसी उद्देश्य की पूर्ति करने के लिए उसने प्रत्येक प्राणी को एक उपहार दिया है जिसे 'अनोखी योग्यता' कहा जाता है।

जी हाँ, मैं अपने अनुभव के आधार पर ऐसा कह सकता हूँ कि आपमें भी कोई न कोई ऐसी योग्यता है जो दूसरों से अलग है। आप कम से कम एक काम तो दूसरों से अलग कर सकते हैं, आपमें कोई न कोई ऐसा गुण है जो आपको दूसरों से अलग साबित करता है। आप जितनी जल्दी इसे समझ जाते हैं, उतना आपके लिए अच्छा है। सभी सफल व्यक्ति इसी प्रकार कार्य करते हैं। वे कभी कोई नया काम करना

नहीं सीखते। वे अपनी उसी खूबी से काम लेते हैं, उससे अपनी ताकत बढ़ाते हैं और सफलता हासिल करते हैं। जी हाँ, वह खूबी बनाई नहीं जा सकती, उसे अपने अंदर तलाश करना होता है क्योंकि वह आपका ही एक हिस्सा है। उसे तलाश करें और उस पर कार्य करना शुरू कर दें। अपनी इसी योग्यता के बल पर हम जीवन में खुशहाली पा सकते हैं। फिर हमें हर काम में खुशी मिलती है और हम उसमें श्रेष्ठ बनते जाते हैं।

अतः रुको, सोचो और स्वयं से पूछोः आपकी वो जबरदस्त काबिलियत और योग्यता क्या है?

आप नहीं जानते? कोई बात नहीं, अपने दिल से पूछें कि उसे सबसे अच्छा क्या लगता है? ऐसा क्या है जो आपकी सोच और शक्ति को समाप्त करता जा रहा है? ऐसा जो कुछ भी है, संभवतः वही आपकी योग्यता हो सकती है। हमेशा याद रखें कि आप चाहे जिस किसी चीज की चाह रखते हों, इस संसार को वह पसंद नहीं आता। कभी-कभी तो लोग आपका विरोध भी करेंगे, आपको मूर्ख भी कहेंगे, आपको निराश करेंगे और आपसे सब कुछ छोड़ देने को कहेंगे। ऐसा होना आपके लिए एक परीक्षा की घड़ी के समान होता है। यह ब्रह्माण्ड भी आपकी इच्छा पूरी करने से पहले आपकी परीक्षा लेता है। वह समय - समय पर आपको अनेक संकेतों द्वारा यह संदेश भेजता है कि आप सही हैं अथवा गलत। आपको इन सभी संकेतों को पहचानना है और आगे बढ़ते जाना है। आपको आकर्षण के नियम पर विश्वास रखना है और यह मानना है कि आपने इस ब्रह्माण्ड से जो कुछ भी माँगा है, वह आपको देने का प्रयत्न करेगा।

मैं जब कभी आकर्षण के नियम को अपने दैनिक जीवन में लागू करता हूँ तो मेरे सामने अनेक प्रकार की बाधाएँ आती हैं। मैं जैसा सोचता हूँ, वे मुझे उसके अनुसार कार्य नहीं करने देतीं। मैं जानता हूँ कि मैं यह काम कर सकता हूँ लेकिन कुछ नहीं होता। मेरे पास रोजगार के रूप में एक नौकरी है लेकिन मैं नौकरी नहीं करना चाहता था। मैं इस नौकरी को छोड़ भी नहीं सकता क्योंकि इसके बिना मेरा गुजारा भी नहीं है। मेरे दिमाग में बेकार के सवाल उमड़ते चले गए जिनमें से अधिकतर दूसरों द्वारा कहे गए थे। मैं अपने दिल की बात मानते हुए एक रफ्तार से चलना चाहता था लेकिन इस प्रकार के सवालों ने मेरे आसपास कई बाधाएँ खड़ी कर दीं।

मैं अपने आप से और अपने आसपास घिरे लोगों से लड़ने लगा। और अंत में एक समय ऐसा आया जब मैं लड़ते-लड़ते थक गया और मैंने हथियार डालने की सोची। एक दिन जब मैं अपनी बाईक पर सवार हो कर कहीं जा रहा था तो मैंने आसमान की ओर देखकर ईश्वर से पूछा कि उसने मेरे बारे में क्या सोच रखा है। मैंने कहा, "हे ईश्वर। कृपया मुझे बताओ कि मैं जो कर रहा हूँ वह सही है या गलत। मुझे कोई ऐसा संकेत दो जिससे मैं जान सकूँ कि मैं सही दिशा में चल रहा हूँ या नहीं।"

उसी क्षण ईश्वर ने मेरी प्रार्थना स्वीकार कर ली और बदले में एक जवाब की तरह मेरे फोन की घंटी बजी। दूसरी ओर से फोन करने वाले व्यक्ति ने मुझे पूना में विप्रो कंपनी के लिए तीन दिन के प्रशिक्षण प्रोग्राम का संचालन करने का ऑफर दिया। मैं यही तो चाह रहा था।

मुझे मेरी मंजिल मिल गई। मैंने ब्रह्माण्ड से भेजे गए इस संकेत को पहचान लिया और तुरंत उस पर कार्यवाही करनी शुरू कर दी। मैंने अपने परिवार को अपना फैसला सुनाया और अपनी नौकरी से इस्तीफा दे दिया। जी हाँ, यह ब्रह्माण्ड हर कदम पर आपको संकेत देता है और केवल वही व्यक्ति इन्हें पहचान सकता है जिसमें कुछ करने और सीखने की जिज्ञासा हो। मैं आपको सलाह देता हूँ कि आप सीखने की कला पर ध्यान दें कि किस प्रकार ब्रह्माण्ड की ओर से भेजे गए संकेतों को पहचाना जाता है क्योंकि यदि एक बार आप ऐसा करने में कामयाब हो गए तो आपका जीवन बहुत सहज हो जाएगा तथा आप तेजी से आगे बढ़ते जाएँगे। ब्रह्माण्ड पर विश्वास करने का केवल एक ही कारण है कि आप इस बात को समझ जाएँ कि आपका जीवन सहज रूप से चलता रहे और आप तेजी से उन्नति करते जाएँ। यही सबसे महत्वपूर्ण बात है जो मैं आपसे कहना चाहता हूँ।

दूसरी सबसे महत्वपूर्ण बात यह है कि ब्रह्माण्ड गति को पसंद करता है। जब कभी आपके दिमाग में कोई अच्छा विचार आता है तो आपको तुरंत उस पर कार्यवाही शुरू करनी है। यदि आप ऐसा नहीं करते तो वह गति टूट जाती है और वह विचार भी समाप्त हो जाता है। उस पर तुरंत विचार करें। जब आपके मन में कोई विचार आता है और आपका हृदय इस बात की गवाही देता है कि वह विचार बिलकुल सही है तो जल्दी से जल्दी उस पर कार्यवाही करना आरंभ कर दें। जब आप इस संकेत को पहचान लेते हैं तो बिन कोई क्षण गँवाए और बिना यह सोचे कि यह सही है अथवा गलत, केवल अपने दिल की बात सुनें और आगे बढ़ें।

उसके बाद से मैंने कभी पीछे मुड़ कर नहीं देखा, कभी रुका नहीं, कभी हार नहीं मानी, कभी यह नहीं सोचा कि यह कैसे होगा या क्यों होगा। मैं इस नतीजे पर पहुँच चुका था कि ये सब बेकार के सवाल हैं और इस प्रकार की बातें सोचने से केवल समय की बर्बादी होती है। हमें तो बस यह करना है अपने मन में तीव्र इच्छा जगाए रखनी है और उस पर विश्वास करते रहना है। आपको केवल यही करते रहना है, उसके बाद ब्रह्माण्ड आपको वह सब देता है।

अब मैं आपको बताता हूँ कि आपको क्या करना है, मैंने इसे 5 की शक्ति का नाम दिया है। मुझ पर विश्वास करें कि मैं जिसे 5 की शक्ति कहता हूँ उसमें इतनी ताकत है जिससे आपका भाग्य बदल सकता है।

आपको केवल इतना करना हैः

अपने पास एक कॉपी रखें और बिना भूले रोजाना उसमें यह बातें लिखेंः

## पांच छोटी और बड़ी विजय

मैं इसके बारे में पहले भी आपको बता चुका हूँ, लेकिन आपको लिखते समय इसमें कम से कम एक विशेषता जोड़नी होगी जैसे 'महान' या 'अद्भुत'। ऐसा करने से आपकी इच्छा और विचारों को एक नया दृष्टिकोण मिलता है और यदि आप ऐसा करते जाते हैं तो आप महसूस करते जाते हैं कि आपके विचार और कार्य पहले से अधिक शुद्ध होते जा रहे हैं।

## आज के दिन स्वयं से अधिक प्रेम करने के 5 कारणः

इस संसार मे हुए सभी महापुरुषों में केवल एक ही विशेष योग्यता थी कि वे स्वयं से प्रेम करने कर शक्ति को समझते थे। यदि आप स्वयं से ही प्रेम नहीं कर सकते हो यह संसार आपसे क्यों प्रेम करेगा? यहाँ कुछ साधारण से उदाहरण दिए गए हैं जो आपको स्वयं से प्रेम करना बताएँगेः

1) मैं स्वयं से प्रेम करता हूँ क्योंकि मैंने एक अंधे व्यक्ति की सड़क पार करने में मदद की।

2) मैं स्वयं से प्रेम करता हूँ क्योंकि आज मैंने एक बाल्टी पानी बचाया।

3) मैं स्वयं से प्रेम करता हूँ क्योंकि आज मैं एक व्यक्ति के चेहरे पर मुस्कुराहट लाने में सफल रहा।

4) मैं स्वयं से प्रेम करता हूँ क्योंकि मैंने आज एक लेख लिखा।

## आपकी 5 इच्छाएँ

अपनी कोई ऐसी पाँच इच्छाएँ बताओ जिन्हें आप सच में पूरा करना चाहते हैं। इससे कोई फर्क नहीं पड़ता कि वे इच्छाएँ छोटी सा बड़ी हों, बेबुनियादी या अवास्तविक हों। आपको बस इतना करना है कि उन्हें लिखना है चाहे वे पूरी हो चुकी हों और आप उनके पूरा होने से आनंद प्राप्त कर रहे हों। यहाँ उनके कुछ उदाहरण प्रस्तुत हैं:

1) मेरे पास एक शानदार लिमोजिन कार है जिसमें मैं और मेरा परिवार बैठ कर मजे से घूमते हैं।

2) मैं एक बहुत ही प्रसिद्ध व्यक्ति हूँ।

3) मैं इस संसार के सबसे धनवान व्यक्तियों में एक हूँ।

4) मुझसे जो कोई भी मिलने आता है वह मुझसे प्रेम करने लगता है।

5) मैं आसमान की ऊँचाईयों को छू सकता हूँ।

## आज के दिन के 5 आशीर्वाद

आपके पाँव जमीन पर टिके रहें और आपकी सोच ऊँची हो, इसका सबसे प्रभावी तरीका यह है कि आप भगवान द्वारा दिए गए आशीर्वादों को गिनें। इससे आपके मन में कृतज्ञता की भावना उत्पन्न होगी जिसका परिणाम यह होगा कि आप स्वयं को संपन्न और जोश से भरा हुआ महसूस करेंगे। फिर जब आप इस प्रकार के व्यवहार से लोगों से पेश आते हैं तो आपके भीतर से उदासी स्वयं ही दूर भाग जाती है। यहाँ कुछ उदाहरण हैं:

1) मैं अपने मित्र का धन्यवाद करता हूँ क्योंकि मेरी कार खराब होने के कारण उसने मुझे लिफ्ट दी।

2) मैं उस दुकानदार का धन्यवाद करता हूँ जो मेरे साथ उदारता से पेश आया।

3) मैं अपने उस ग्राहक का का धन्यवाद करता हूँ जिसने मेरी शर्ट की तारीफ की।

4) मैं धन्यवाद करता हूँ कि आज मैं एक फाइव स्टार होटल में खाना खाने की हैसियत रखता हूँ।

## ऐसी पाँच विशेषताएँ जिन्हें आप विकसित करना चाहते हैं:

एक बार फिर से आप अपनी उन विशेषताओं को लिखिए जो आपमें हैं। यहाँ उनके कुछ उदाहरण हैं:

1) मैं बहुत ही ईमानदार और विनम्र इंसान हूँ।

2) मैं एक अच्छा नेता हूँ।

3) मैं सकारात्मक प्रकार के जोखिम ले सकता हूँ।

4) मैं निःस्वार्थ भाव से दूसरों से प्रेम करता हूँ।

5) मैं अपने सभी संकल्प पूरे करता हूँ।

6) मैं बहुत कर्मठ हूँ।

7) मैं बहुत फुर्तीला हूँ।

इन्हें अपने तक ही रखें और रोजाना दोहराएँ।

दूसरों को 'धन्यवाद' कहना सीखें। ऐसा बार-बार कहें और विश्वास के साथ कहें। जब आप अपने जीवन से जुड़ी कई उपलब्धियों के लिए ईश्वर का धन्यवाद करते हैं तो आप अनजाने में अनेक नई उपलब्धियों को अपनी ओर आकर्षित करते हैं। आप अच्छी चीजों की ओर अपना ध्यान केंद्रित करते हैं जो बढ़ती चली जाती हैं। अतः आपके पास अगर कम धन है, आपके पास छोटा सा घर है और आपके पास एक पुरानी कार है और आप उन सबके प्रति आभारी हैं तो इससे भी अधिक

सुविधाओं को अपनी ओर आकर्षित कर रहे होते हैं- अधिक धन, एक बड़ा सा आलीशान घर, एक नई कार। साधारण भाषा में यही आकर्षण का नियम है।

## 3. यह विश्वास रखना कि इस दुनिया में हम जो चाहते हैं, वह पर्याप्त से कहीं ज्यादा है।

ऐसे लोग भी हैं जो अपने जीवन में थोड़े से संतुष्ट नहीं हो सकते। ऐसे लोग हमेशा अपने आसपास की चीजों के बारे में उत्तेजित और उत्साहित रहते हैं। उनकी सोच किसी सीमा में नहीं बंधी होती और वे अपने सपनों और इच्छाओं के दायरे से बाहर जा कर सोचते हैं। उनका लक्ष्य आसमान की ऊँचाई तक होता है और वे उसके अंतर्गत किसी भी चीज के बारे में कामना कर सकते हैं। ऐसे लोगों के सोच की कोई सीमा नहीं होती और न ही उनकी मानसिकता किसी दायरे में बंधी होती है। उनका मानना है कि ब्रह्माण्ड के पास हर किसी को देने के लिए उनकी आवश्यकता से भी बहुत अधिक है और उन्हें उसे प्राप्त करने के लिए स्वयं को साबित करना है। ऐसे लोग जानते हैं कि उन्हें यह सब कैसे प्राप्त करना है। ये लोग ब्रह्माण्ड को संभावनाओं के विशाल महासागर समान मानते हैं और अपनी इच्छाओं का चुनाव करके उनके पीछे भागते हैं। वे अपनी सारी उम्मीदों और विश्वास के साथ अपनी इच्छाओं का जाल इस महासागर में फेंकते हैं जिसके लिए उनका हृदय कामना करता है।

ऐसे लोग वास्तव में महान तथा असाधारण होते हैं क्योंकि वे हर असंभव कार्य करने में विश्वास रखते हैं।

यदि हम इतिहास पर नजर डालें तो ऐसे लोगों में अल्बर्ट आइंस्टाइन, थॉमस अल्वा एडिसन, महात्मा गांधी तथा नील आर्मस्ट्रांग प्रमुख हैं। वर्तमान में लक्ष्मी मित्तल, युवराज सिंह, बिल गेट्स तथा अमिताभ बच्चन जैसे लोग इसी श्रेणी में हमारे लिए प्रेरणा का स्रोत हैं। इससे इस बात की पुष्टि हो जाती है कि ब्रह्माण्ड आज भी ऐसे लोगों को इस प्रकार की क्षमता प्रदान करता है।

जो लोग आकर्षण के नियम के सिद्धांतों में विश्वास रखते हैं, ब्रह्माण्ड उनसे कहता है, 'मैं तुम्हें वह सब दे सकता हूँ जिसकी तुम इच्छा रखते हो।'

यदि इस संसार में हर व्यक्ति के लिए बहुत कुछ है तो भी विडंबना यह है कि इस सच्चाई पर धरती पर रहने वाले एक प्रतिशत से भी कम लोग ही विश्वास करते हैं। यही कारण है कि इतने कम लोग संसार की 99 प्रतिशत धनराशि के मालिक हैं और वे बाकी के लोगों पर राज करते हैं। किसी चीज की कमी और प्रचुरता केवल मनुष्य के दिमाग की ही बनाई हुई धारणा है।

जो लोग इस धारणा को नहीं मानते वे इस संसार में बिना किसी भय के खुशहाली का जीवन व्यतीत करते हैं। वे न तो स्वयं पर किसी प्रकार का दोष लगाते हैं और न ही ब्रह्माण्ड पर क्योंकि उनके लिए यह बात कोई मायने नहीं रखती कि "यदि मुझे कुछ न मिला तो क्या होगा"? उन्हें विश्वास होता है कि यदि वे ब्रह्माण्ड से सही तरीके से संपर्क स्थापित करेंगे तो वह उन्हें कभी न नहीं कहेगा। ऐसा तालमेल केवल ब्रह्माण्ड से संपर्क स्थापित कर के ही बिठाया जा सकता है।

नकारात्मक सोच का हमारे ही ऊपर नकारात्मक प्रभाव पड़ता है न कि दूसरे पर। ऐसा इसलिए होता है क्योंकि ऐसे विचार हमारे ही मन में आते हैं, ऐसे संकेत हम से ही संबंधित होते हैं इसलिए वे वापिस हमारे ही पास आते हैं। यदि हम किसी दूसरे के बारे में गलत सोचते हैं तो इससे उसका कुछ नहीं बिगड़ता। बल्कि इसका प्रभाव हमारे ही ऊपर पड़ता है क्योंकि यह सोच हमारे मन की थी। इसके विपरीत यदि हम किसी व्यक्ति को अपनी ओर आकर्षित करना चाहते हैं तो हमारी इच्छा अवश्य पूरी होगी क्योंकि उस व्यक्ति के बारे में सोचने से हमारा उससे संपर्क स्थापित हो जाता है।

ऐसा क्यों होता है? दरअसल हम जब अपने मन में अपनी कल्पनाओं की आभासी तस्वीर बना लेते हैं तो उसी की ओर आकर्षित होते हैं। हमारे मन में जो कुछ भी चल रहा होता है, हम उसी की ओर आकर्षित होते हैं। हमारी हर सोच का एक वास्तविक रूप होता है- एक बल।

मैं एक बार फिर से आपका ध्यान सकारात्मक विचारों के आभास की ओर ले जाना चाहता हूँ। मैं जानता हूँ आपने हजारों बार इसका नाम अवश्य सुना होगा, लेकिन अब आप इसका असली अर्थ और इसकी शक्ति समझ जाएँगे।

इस संसार में सभी धर्म सकारात्मक सोच के बारे में बात करते हैं। इससे प्रत्येक इंसान में कुछ न कुछ खोजने की इच्छा रहती है। ऐसा तब से चलता आ रहा है जब से इस इस संसार की रचना हुई है और यह अनंतकाल तक चलता रहेगा।

प्रार्थना करने के प्रत्येक स्थान पर शांति और सहजता का वातावरण होता है। वहाँ जाने से चिंता और तनाव दूर हो जाते हैं, इससे दिमाग को शांति मिलती है और आत्मा भी प्रसन्न होती है। यहाँ तक कि ईश्वर की आस्था में विश्वास न रखने वाले लोग भी इस शांति से इंकार नहीं कर सकते जिन्हें यहाँ आ कर ऐसा लगता है जैसे उनके रोगों का उपचार हो गया हो। आप ऐसे किसी व्यक्ति से जा कर पूछें कि वह रोजाना प्रार्थना करने उस स्थान पर क्यों जाता है तो वह जवाब देगा कि उसे वहाँ जा कर 'मानसिक शांति' मिलती है। लेकिन ऐसा क्यों होता है कि ईंट और सीमेंट की बनी हुई मंदिर, मस्जिद, चर्च अथवा गुरुद्वारे जैसी इमारत में जा कर घर की अपेक्षा अधिक शांति मिलती है?

मैं बताता हूँ ऐसा क्यों होता है। अच्छी सोच और शांति जैसे भाव केवल सकारात्मक विचारों व अच्छे आचरण से आते हैं जो इन स्थानों में चारों ओर फैले होते हैं। यह बात कोई मायने नहीं रखती कि किसी इंसान की मानसिक सोच कैसी है, लेकिन जब वे ईश्वर के दरबार में प्रवेश करते हैं तो उनके मन से सारे बुरे विचार, बदले की भावना, घृणा व तनाव समाप्त हो जाते हैं। वे स्वच्छ मन से वहाँ प्रवेश करते है और अच्छाई के लिए प्रार्थना करते हैं। इस प्रकार के सकारात्मक विचार आसपास के इलाके में सकारात्मक तरंगे फैलाते हैं जिससे वातावरण में खुशहाली आ जाती है और प्रसन्नता का आभामंडल भक्तों के आसपास बन जाता है। यही कारण है कि यदि किसी व्यक्ति को जंगल में स्थित एक उजड़ी हुई इमारत में रहने के लिए स्थान दे दिया जाए तो उसे वहाँ भी शांति मिल जाती है जो किसी आलीशान इमारत में रहने से भी नहीं मिलती।

आपके जीवन का हर क्षण और अनुभव आकर्षण के नियम पर निर्धारित हुआ है। इस बात से कोई फर्क नहीं पड़ता कि आप कौन हैं या आप कहाँ हैं। यह नियम अपना अस्तित्व रखता है और आपकी अपनी सोच से, आपके जीवन को रचता है। बिलकुल अभी! यह सबसे महानतम और अचूक नियम है जिस पर सृष्टि के सभी सिद्धांत निर्भर करते हैं।

यहाँ कुछ ऐसे साधारण किंतु प्रभावशाली तरीके दिए गए हैं जिनसे आप बहुत अधिक मात्रा में चीजों को अपनी ओर आकर्षित कर सकते हैं:

- अपने और अपने आसपास के वातावरण से प्रेम करना सीखें।
- विनम्रतापूर्वक जीवन जीएँ।
- स्वयं को खुश महसूस करें।
- हमेशा बड़ा सोचें।
- अपनी सोच अपने लक्ष्य पर केंद्रित करें।

ये सब तरीके बहुत साधारण हैं। यहाँ तक कि इन्हें अमल में लाना भी बहुत सरल है। लेकिन एक कारण है जो हमें इन्हें अमल में लाने से रोकता है, वह है हमारा आलस्य। मुझे यकीन है कि आप यह पढ़ कर हैरान हो रहे होंगें कि मैं 'आलस्य' जैसा निराशा से भरा हुआ शब्द क्यों इस्तेमाल कर रहा हूँ जबकि मैं यहाँ सफलता के सिद्धान्त प्रस्तुत कर रहा हूँ। आप में से कुछ लोग यह शब्द सुनकर तेवर दिखा रहे होंगे या बुदबुदा रहे होंगे कि, "हे। मैं आलसी नहीं हूँ।" लेकिन जब आपके हाथ में आपकी सफलता के सारे औजार मौजूद हैं और आप फिर भी उनका इस्तेमाल नहीं कर रहे तो सोचने वाली बात यह है कि आपको कौन रोक रहा है? यही आपके दिमाग की रुकावटें और पूर्णतया आलस्य है। अपने आलस्य को पहचानना और उसे जानना, ये दोनों ही बातें आवश्यक हैं यदि आप इसे अपने तंत्र से बाहर निकालना चाहते हैं। इसका विवरण इसी पुस्तक में आगे दिया गया है।

जब तक आप इस पुस्तक के अंत तक पहुँचेंगे, तब तक आप अपनी शक्तियों व कमजोरियों को पहचान कर अलग कर चुके होंगे और उन्हें अपने लाभ के लिए इस्तेमाल करेंगे। अतः पढ़ना जारी रखें।

क्या कभी आपने इस बात पर गौर किया है कि धनवान लोग धनवान क्यों हैं? या फिर आप ऐसा सोचते हैं कि किसी के पास तो सब कुछ है लेकिन आपके पास कुछ भी नहीं? या इससे भी बदतर सोचें कि ईश्वर ने दूसरों को सब कुछ दिया है केवल आपको कुछ नहीं दिया। यह कितनी अनुचित बात है! ऐसा क्यों होता है आपके साथ सब कुछ गलत होता है और केवल आपके साथ ही ऐसा होता है?

जिन लोगों में स्वयं के लिए 'मैं बेचारा' जैसा लक्षण होता है, उन्हें देख कर ऐसा लगता है जैसे उनके पास किसी प्रकार की कोई शक्ति नहीं है। उनके नसीब या भाग्य ने उन्हें दलदल में गिराने का षडयंत्र रचा है।

'मेरी माँ मरणासन्न अवस्था में है। मेरी पत्नी एक और बच्चे की माँ बनने वाली है। मुझे मेरा प्रोमोशन नहीं दिया गया जो कि नियमित समय पर बकाया था। मेरी कार का इंजन एकदम से खराब हो गया। जिस व्यक्ति ने मेरी मदद करनी थी उसे अचानक शहर से बाहर जाना पड़ गया। मौसम बहुत खराब है। यह भोजन बहुत सड़ा हुआ है। मेरे सिर और कमर में दर्द है। मैं ठीक से सो नहीं सकता, आदि।'

क्या आप भी कभी-कभी इस प्रकार की शिकायत करते हैं या फिर ऐसे लोगों से मिलते हैं जो पैनडोरा के दुःखों से भरे बॉक्स की तरह अपना रोना रोते रहते हैं? आपको उनके किस्से सहानुभूतिपूर्वक सुनने चाहिए और उन्हें सांत्वना देनी चाहिए, उन्हें सहायता के लिए कहना चाहिए। लेकिन अगली बार ऐसा कहने से पहले ध्यान रखें।

एक सच्चे मित्र की तरह उन्हें बताएँ कि उनके सारे दुःख उनकी गलत सोच का ही नतीजा हैं। उनकी सोच में अंतर लाने में उनकी मदद करें और उन्हें बताएँ कि किस अगले 30 दिनों तक वे हर कार्य को सकारात्मक रूप से सोचें। इससे कोई फर्क नहीं पड़ता कि उसका अंजाम क्या होगा। फिर देखें क्या जादू होता है! मैं इसे जादू ही कहूँगा। इस बात से कोई फर्क नहीं पड़ता कि आप किसी जादूगर के हाथ में जादू की छड़ी देख पाते हैं या नहीं या फिर ब्रह्माण्ड को संदेश के रूप में भेजे जाने वाले रंग-बिरंगे विचार। यकीनन वे हमारे साथ हैं और परोपकार के रूप में अपनी सारी शक्ति हमें दे रहे हैं।

# 2

# रेटीकुलर एक्टिवेटिंग सिस्टम (आर ए एस)

दिमाग में एक ऐसा भाग होता है जिसे रेटीकुलर एक्टिवेटिंग सिस्टम (Reticular Activating System – RAS) कहा जाता है जो आपको सोचने और निर्णय लेने की शक्ति देता है। यह (आर ए एस) किसी व्यक्ति की सफलता प्राप्त करने की योग्यता में महत्वपूर्ण भूमिका निभाता है।

(आर ए एस) को अच्छी तरह से समझने के लिए मैं आपको एक उदाहरण देता हूँ।

मान लीजिए कि आप अपनी पत्नी के साथ किसी भीड़ भरे मेले में घूम रहे हैं। वह मेला एक पागलखाने जैसा लगता है - शोर शराबा और हर तरफ बजता फूहड़ संगीत और जोर-जोर से चिल्लाते हुए लोग। अचानक मेले के बीचो - बीच आप अपनी पत्नी से बिछुड़ जाते हैं। आप पागलों की तरह उसे तलाश कर रहे हैं। आपके आसपास बहुत सा शोर है लेकिन आप इसकी परवाह नहीं करते। अचानक उस शोर-शराबे में आप अपना नाम लाउडस्पीकर पर सुनते हैं जिससे आपका ध्यान उसकी ओर चला जाता है। यह कैसे संभव होता है?

आपके दिमाग में एक ऑटोमैटिक प्रक्रिया चलती है जिसे (आर ए एस) कहा जाता है। इसी प्रक्रिया के माध्यम से आपका कोई सूचना आप तक तुरंत पहुँच जाती है। यह आपके चेतन और अवचेतन मन के बीच एक फिल्टर का कार्य करता है। यह आपके चेतन मन से सूचनाओं को जमा कर आपके अवचेतन मन तक पहुँचाता है। इस तरह आप उसी चीज पर अपना ध्यान केंद्रित कर पाते हैं जो आपके लिए बहुत अहम है। बाकी सब चीजें कहीं लुप्त हो जाती हैं। जैसे जब आप अपनी पत्नी को खोज रहे थे तो सारी चकाचौंध और लाउडस्पीकर्स मानो लुप्त हो गए हों।

मान लीजिए कि आप किसी ऐसे कमरे में सो रहे हैं जिसमें बहुत से लोग हैं, टी.वी. भी तेज आवाज में चल रहा है और खिड़की से तेज वाहनों की आवाज आ रही है। जब तक कोई आपका नाम नहीं पुकारता, तब तक आपको कोई परेशानी नहीं होती। आप सचेत हो कर तुरंत उसे जवाब देते हैं।

यही कारण है कि आर ए एस कुछ पूर्वनिश्चित सूचनाओं का जवाब देता है और अधिकतर लोग अपना नाम सुन कर सचेत हो जाते हैं। इसी दौरान हमारा अवचेतन मन बाकी के सारे शोर को फिल्टर कर केवल आपका नाम चुनता है और उस पर कार्य करता है।

मैं चुनाव करने के लिए क्यों कहता हूँ? ऐसा इसलिए क्योंकि हम अपने चेतन मन से सही संदेश चुनने के लिए आर ए एस से लगातार योजना बनाते रहते हैं- अपने किसी लक्ष्य के निर्धारण के लिए, उसकी पुष्टि करने के लिए या फिर उसे सोचने के लिए।

यह कहा जाता है कि हम किसी उचित लक्ष्य के बारे में सोचते हुए और उसके बारे में नकारात्मक विचार मन में न लाते हुए उस तक आसानी से पहुँच सकते हैं।

इसका अर्थ यह है कि यदि हमारे विचार ऐसा मानते हैं कि हम अपने लक्ष्य तक नहीं पहुँच सकते, हमारा आर ए एस इसे देखता है कि हम इसे नहीं पूरा कर सकते क्योंकि यहाँ 'नहीं' सबसे प्रभावशाली विचार है।

अतः हमें यह करना है कि हमें अपने चेतन मन में अपने लक्ष्य की एक स्पष्ट तस्वीर बनानी है। यह तस्वीर हमारे अवचेतन मन में चली जाती है जो अपने आप ही सूचना की ओर आकर्षित होती है या सारी सूचना पर हमारा ध्यान जाता है जिससे हम अभी तक अनजान थे। यह अनावश्यक सूचनाओं को निकाल बाहर करता है।

अतः यदि आप अपना नसीब बनाना चाहते हैं तो अपने आर ए एस को काम में लाएँ क्योंकि यही आर ए एस निश्चित करता है कि आप किस चीज पर अपना ध्यान केंद्रित कर रहे हैं।

आकर्षण का नियम कहता है कि आकषर्ण को पसंद करें। इससे आप जिस चीज के बारे में सोचते हैं, उसकी ओर आकर्षित होते हैं। इसी प्रकार यदि आप धन के बारे में सोचते हैं तो आप अधिक धन को अपनी ओर आकर्षित करते हैं, जो कभी-कभी रहस्यमयी तरीके से आपके पास आता है। आपके पास किसी फिक्स डिपॉजिट खाते से चैक आता है क्योंकि उसका समय पूरा हो गया है, या किसी आंटी के घर से एक पत्र आता है जिसे आप भूल चुके हैं, वह अपनी सारी जयदाद आपके नाम कर गई है। यदि आप इस बात से डर जाते हैं कि आपका धन चोरी हो जाएगा, तो यकीनन आप अपने धन कोई चुरा ले जाएगा, आप चाहे इसे मानें या न मानें। यदि आप किसी बीमारी के बारे में सोच रहें हैं तो कभी भी स्वस्थ और तंदरुस्त नहीं रह सकते। यदि आपको कुछ भी नहीं है फिर भी आप लगातार सिर दर्द महसूस करते रहेंगे। यदि आप प्रेम के बारे में सोच रहें हैं तो यकीनन आपको आपका प्यार अवश्य मिलेगा। लेकिन यदि आपके मन में यह विचार आते हैं कि, "मैं तो उससे प्रेम करता हूँ लेकिन मुझसे प्रेम नहीं करती।" इस बात से कोई फर्क नहीं पड़ता कि आप इसके लिए कितनी मेहनत करते हैं, आप अपना मनचाहा प्रेम कभी नहीं पा सकते। यदि आप इस बात से घबराते हैं कि आपने परीक्षा के लिए जिन तीन अध्यायों को नहीं दोहराया, यदि वे परीक्षा में आ गए तो क्या होगा? ऐसा सोचने से वही होगा जो आप सोच रहे हैं। यदि आप ऐसा सोचते हैं कि आपकी कार बीच रास्ते में खराब हो जाएगी तो यकीनन ऐसा ही कुछ होगा। आप जिस तरह के विचार पहले से ही मन में लाते हैं, आपके साथ ठीक वैसा ही कुछ होता है।

अलाद्दीन और उसके जादू के दीपक वाली कहानी याद करें जिसमें दीए को रगड़ते ही एक जिन्न निकल आता था और कहता था, 'मैं आपकी हर इच्छा पूरी कर सकता हूँ।' अलाद्दीन की कहानी की तरह ही आपका दिमाग आपका जादू का दीपक है और आपके असंख्य विचार ही आपके जिन्न हैं। इन विचारों को बार-बार सोचते रहने से ये सक्रिय बने रहते हैं। यही मन की शक्ति है। आप जब भी किसी चीज की इच्छा करते हैं तो जिन्न कहता है, "मैं आपकी हर इच्छा पूरी कर सकता हूँ।" इससे साफ पता चलता है कि आपने अपने संपूर्ण जीवन का निर्माण किस प्रकार किया

है। जिन्न आपके हर आदेश का पालन करता है क्योंकि उसे पता है कि आपको क्या चाहिए। यह सकारात्मक तथा नकारात्मक हो सकता है, अच्छा या बुरा हो सकता है, यह जो कुछ भी है, आपकी सोच पर हावी हो रहा है। यदि आप अपने मन से इसे देख सकते हैं तो यकीनन बहुत जल्द इसे अपने हाथों में पाएँगे।

यदि आप यह सपना देखते हैं कि आप लाल रंग की एक कार दौड़ा रहे हैं चाहे आप हर समय भीड़ से भरी बस में ही यात्रा करते हों, आप कभी न कभी कार ले कर ही रहेंगे। सबसे महत्वपूर्ण बात यह है कि आपको केवल अपने आप से यह वादा करना है कि आप इसे पाना चाहते हैं, और इस वादे पर भरोसा रखना है। यही हमारी कल्पना शक्ति है। यह कदम आपको आपके सपनों को पूरा करने की दिशा में ले जाता है।

यह विश्वास करें कि आपके पास एक कार है। इसे छू कर देखें। इसे महसूस करें। यह कल्पना करें कि आप चाबी लगाकर ड्राइविंग सीट का दरवाजा खोल रहे हैं। काले रंग के चमड़े के स्टीरिग को हाथ से पकड़ें। जैसे ही आप इग्निशन में चाबी डाल कर घुमाते हैं तो आपकी कार स्टार्ट हो जाती है। इसे पार्किंग से बाहर ले जाते हुए देखें और सड़क पर निगाह डालें। ऐसा रोजाना करें और वह दिन दूर नहीं जब वह कार एक दिन सचमुच आपके दरवाजे पर खड़ी होगी। यदि मुझ पर विश्वास न हो तो ऐसा आजमा कर देख लें। यही आकर्षण का नियम है। यह कभी फेल नहीं होता।

जब मैं दस हज़ार रूपए कमा रहा था तो मर्सीडीज़ बेंज़ के बारे में ऐसे ही सोचता था। कई बार जा कर शान से टेस्ट ड्राईव भी लिया और आज सात साल बाद मैंने साठ लाख रूपए में, अपनी नई मर्सीडीज़ कार खरीदी है जो मेरे लिए किसी करिश्मे से कम नहीं है। आज मेरे पास अपना घर है। विदेशों में भ्रमण करता हूँ। बस मैं सब कुछ सोचता गया और होता गया क्योंकि मैं अपने विचारों की शक्ति को पूरी तरह समझ चुका हूँ।

आपके विचार एक चुंबक की तरह वातावरण में विचरते रहते हैं और एक जैसे विचार तरंगों के माध्यम से आपस में मिल जाते हैं। जो कुछ भी हम भेजते हैं वही वापिस आ कर हमें मिल जाता है।

जब हम टेलिविजन पर अनेक चैनलों के माध्यम से कुछ न कुछ तलाश कर रहे होते हैं तो हम वास्तव में क्या कर रहे होते हैं? हम बारंबारता बदल रहे होते हैं। सभी चैनल टेलिविजन स्टेशन के ट्रांसमिशन टॉवर के साथ एक फ्रिक्वेनसी द्वारा प्रसारित किए जाते हैं। इन्हें देखने के लिए हमें अपने घर में लगे टेलिविजन को उस फ्रिक्वेन्सी से जोड़ना होता है। जब हम कुछ अलग देखना चाहते हैं तो हम चैनल बदल देते हैं और उसे किसी दूसरी बारंबारता से जोड़ देते हैं।

हम सब भी एक ट्रांसमिशन टॉवर की तरह हैं और मानव द्वारा बनाए गए किसी भी टेलिविजन टॉवर से कही अधिक शक्तिशाली हैं। चूंकि हम सब ब्रह्माण्ड की ही रचना हैं, अतः हम जो बारंबारता प्रसारित करते हैं उसका विस्तार शहरों, देशों तथा संसार से कहीं अधिक होता है। यह समस्त ब्रह्माण्ड में घूमती रहती है। यही वह बारंबारता है जिसे हम अपने विचारों के रूप में प्रसारित कर रहे हैं।

अतः अपने विचारों के आदान-प्रदान के माध्यम से जो तस्वीर आप प्राप्त करते हैं वह आपके जीवन की तस्वीर होती है। आपकी सोच ही फ्रिक्वेन्सी निर्धारित करती है, उसी फ्रिक्वेनसी पर चीजों को अपनी ओर खींचती है और उन्हें आपके जीवन की तस्वीर के रूप में आपको वापिस भेजती है।

> *"हमने जिस संसार की रचना की है वह हमारी सोच का नतीजा है। इसे तब तक नहीं बदला जा सकता जब तक हम अपनी सोच नहीं बदलते।*
>
> ***- अल्बर्ट आइंस्टाइन***

यहाँ 'अपनी सोच को बदलना' कहने में तो ठीक लगता है पर करने में बहुत कठिन है। यदि आप मन लगाकर एक दिन के लिए अपनी सोच पर ध्यान लगाते हैं तो आप महसूस करेंगे कि हमने ऐसा करने का एक तरीका बना रखा है। एक रिसर्च के अनुसार यह अनुमान लगाया गया है कि प्रत्येक व्यक्ति एक दिन में साठ हजार तरह के विचार सोचता है! ऐसे विचार सोचने का एक चिर-परिचित तरीका बन जाता है जो विभिन्न कारणों से बनता है। ये कारण दो भागों में विभाजित किए जा सकते हैं- सकारात्मक विचार तथा नकारात्मक विचार।

कुछ ऐसे लोग भी हैं जो हमेशा नकारात्मक विचारों में खोए रहते हैं। यदि उनके जीवन में कुछ अच्छा भी होता है तो भी वे मुँह लटकाए रहते हैं और ऐसा सोचते हैं

कि अब उनके साथ कुछ न कुछ बुरा होने वाला है। वे भूल जाते हैं कि खुश कैसे रहा जाए। वे ब्रह्माण्ड को नकारात्मक संदेश भेजते रहते हैं और तब तक भेजते रहते हैं जब तक कि वास्तव में उनके साथ कुछ भयानक घटना नहीं घट जाती। फिर वे कहते हैं, "देखा! मैंने जानता था न कि ऐसा होगा। हमें अपनी एक मुस्कुराहट के पीछे कई दुःख झेलने पड़ते हैं।"

वे सुबह उठते ही कहते हैं, "ओह! मैं फिर से लेट हो गया। फिर वे बाथरूम जाते हैं और गीले तौलिए, गीले फर्श, गुनगुनी चाय, बकवास नाश्ता, भारी ट्रैफिक तथा खराब मौसम- सबके बारे में बुरे विचार मन में लाते हैं। वे सारा दिन इन सबकी नकल करते रहते हैं और रात बिस्तर पर जाने तक ऐसा ही करते रहते हैं। जब वे कुछ अच्छा सोचने की कोशिश करते हैं तो केवल स्वयं को समझाने के बाद शांत हो जाते हैं। आपने अकसर देख होगा कि ऐसे लोग अपने पूरे जीवन में खुशी की एक झलक तक नहीं देख पाते। वे हर समय रोने-धोने वाली बातें करते रहते हैं। जब आप उनसे पूछते हैं, "हे! आप कैसे हैं?" तो उनका जवाब कभी साधारण नहीं होता, "मैं ठीक हूँ। आप कैसे हैं?" इसके बाद वे अपनी बीमारी की लंबी कहानी सुनाते हुए आपके हाथ में अपनी मेडिकल रिपोर्ट थमा देते हैं।

इसके विपरीत कुछ ऐसे भी लोग हैं जिन्हें मैं बाउन्सर कह कर पुकारता हूँ। वे अपने आसपास ट्रैंपोलिन ले कर घूमते रहते हैं। ऐसे लोग हर तरह की स्थिति से निपटने के लिए तैयार रहते हैं। यहाँ तक कि उनके साथ जब कभी कुछ बुरा होता है तो वे इसे 'अस्थायी दशा' समझते हैं और ऐसा मानते हैं कि थोड़े समय में सब ठीक हो जाएगा।

हम ऐसे लोगों को हमेशा खुश देखते हैं क्योंकि वे कभी किसी चीज के बारे में शिकायत नहीं करते। हम ऐसा नहीं समझते कि वे लोग दुःख की घड़ी को अधिक समय तक अपने दिल से लगाए बैठे रहते हैं, जिस प्रकार भँवरा फूल के ऊपर मंडराता रहता है। बुरा समय उनके सकारात्मक विचारों पर हावी हो जाता है। वे इस दुःख की घड़ी को अपनी सारी सकारात्मक ऊर्जा से दूर करने का प्रयत्न करते हैं। उन्हें अपनी योग्यता पर भरोसा होता है और ब्रह्माण्ड पर पूरा विश्वास होता है। एक बार वे अपने शक्तिशाली संदेश ब्रहमाण्ड को भेज देते हैं तो वह भी उन्हें पूरा करने का आश्वासन देते हुए कहता है 'आमीन'।

मेरी माँ ने मुझे बहुत समय पहले एक कहानी सुनाई थी जिसका मेरे जीवन पर बहुत गहरा प्रभाव पड़ा।

यह बात तब की है जब मेरी माँ कॉलेज में पढ़ा करती थी। उनके घर के पीछे एक छोटी पहाड़ी थी जहाँ लोगों के घरों में काम करने वाले नौकर, खाना पकाने वाले व मजदूर वर्ग के लोग झोंपड़ियों में रहते थे। एक बार बरसात के दिनों मै वहाँ बहुत भारी भूस्खलन हुआ और पहाड़ी से अनेक बड़े पत्थर झोंपड़ियों को तोड़ते हुए नीचे गिरने लगे। इस दुर्घटना में कई लोग मारे भी गए थे। इस आपदा में दो परिवार ऐसे भी थे जो आपस में पड़ोसी थे। दोनों परिवारों में एक जैसे सदस्य थे- पति, पत्नी तथा उनके एक लड़का व लड़की थे। उनकी आयु भी लगभग एक ही जैसी थी। उनके बच्चे पास ही किसी स्कूल में इकट्ठे पढ़ने जाते थे। पहाड़ी के अंतिम छोर पर दोनों परिवारों की एक-एक दुकान थी। वे दुकान में विभिन्न प्रकार का सामान बेचते थे जैसे- किरयाने का सामान, स्टेशनरी तथा दवाईयाँ आदि। इस दुकान से इतनी आमदनी हो जाती थी कि उनके घर का गुजारा चल जाता था।

इस दुर्घटना में दोनों के घर बुरी तरह से तबाह हो गए थे कि उनके पास एक कप तक नही बचा था। मेरी माँ मुझे बताया करती थी कि ऐसा होने के बाद एक परिवार तो जोर-जोर से रोने लगा और लगातार चिल्लाने लगा जबकि दूसरा परिवार थोड़ी देर के लिए गुस्सा हुआ और फिर यह सोच कर संतुष्ट था कि भगवान का शुक्र है कि, “परिवार के सभी सदस्य सुरक्षित हैं”। ऐसा उनके पिता ने कहा। ‘मेरी दुकान को किसी प्रकार का नुकसान नहीं हुआ। मैं भगवान का शुक्रिया अदा करता हूँ।’

जबकि दूसरा व्यक्ति अपने नुकसान पर बार-बार दुःख जता रहा था। उसके पड़ोसी ने बचे हुए कबाड़ से अपना घर फिर से बनाना शुरू किया। उसकी पत्नी सिलाई का काम करती और घरों में सफाई करती और उसका पति दुकान पर जाता। उन्होंने इस दौरान अपने बच्चों का स्कूल जाना बंद नहीं किया क्योंकि उनकी वार्षिक परीक्षा बिलकुल सिर पर थी।

इसके विपरीत, उसके पड़ोसी ने कई महीनों तक अपनी दुकान नहीं खोली और सहायता के लिए लोगों के आगे हाथ फैलाता रहता। कुछ दिनों तक तो लोग उसे सहानुभूति के कारण उसकी मदद करते रहे लेकिन ऐसा बहुत दिनों तक न चल सका।

उसके बच्चों का स्कूल जाना भी बंद हो गया। दूसरे परिवार के दोनों बच्चे पढ़ाई में तेज थे। जब लोगों ने उन्हें कड़ी मेहनत करते देखा तो वे भी समय - समय पर उनकी मदद किया करते। वहाँ रहने वाले लड़कों के एक क्लब ने उन्हें किताबें-कापियाँ, यूनिफार्म तथा स्टेशनरी देने की जिम्मेदारी ले ली। स्कूल ने भी दोनों बच्चों की फीस माफ कर दी। जरूरत के अनुसार उन्हें कपड़े और बर्तन भी मिल गए। उन्हें जितना भी मिल जाता, वे हमेशा उससे संतुष्ट रहते जबकि दूसरे परिवार को जितना भी मिल जाता, वह कभी खुश नहीं रहता और हमेशा अधिक से अधिक माँगने की इच्छा किया करता।

बहुत साल पहले जब मैं अपने घर गया तो मेरी माँ ने मुझे बताया कि जिस परिवार ने कभी अपना विवेक नहीं खोया और ईश्वर पर विश्वास रखा, ब्रह्माण्ड ने उन्हें सबकुछ वापिस कर दिया है। उनकी बेटी का विवाह एक पायलेट के साथ होने वाला था जो उसके भाई का एक मित्र था। उनकी बेटी शहर के एक माने हुए इंग्लिश मीडियम स्कूल में टीचर थी। मेरी माँ ने मुझे बताया कि जब उनके पिता हमें विवाह के लिए न्योता देने आए तो उन्होंने उनसे उनके परिवार व बच्चों की कुशलता के बारे में पूछा। उनके पिता का जवाब सुनकर वे हैरान रह गई। वह बोले, 'मैं तो कभी दुःखी नहीं था। मैं तो यह सोचता हूँ कि मैं हमेशा खुश रहा हूँ क्योंकि ईश्वर ने मुझे सब कुछ दिया है। यही कारण है कि मैंने स्वयं को और अपने परिवार को अब तक संभाल कर रखा हुआ है।'

'उनके पड़ोसी मित्र और उसके परिवार का क्या हुआ?' मैंने उत्सुकतावश अपनी माँ से जानना चाहा।

मेरी माँ ने उत्तर दिया, 'उनके पिता को फेफड़ों का कैंसर है जो अब बिस्तर पर हैं। उनकी माँ भी अस्वस्थ रहती है जो कुपोषण का शिकार है। उनका बेटा वही दुकान चलाने की कोशिश करता है लेकिन उससे इतनी आमदनी नहीं होती क्योंकि अब उसी इलाके में बड़ी-बड़ी दुकानें भी खुल गई हैं, इसलिए उनकी दुकान पर कोई नहीं आता। उनकी बेटी घर के छोटे-बड़े काम करती है। दोनों बच्चे परिवार की जिम्मेदारी संभालने के लिए कड़ी मेहनत कर रहे हैं। शुरू-शुरू में तो हम लोगों ने उनकी मदद करनी चाही लेकिन उसके बाद उनके पिता ने मदद लेने से इंकार कर दिया। इसलिए हम सब भी पीछे हट गए।'

वे पुनः बोलीं, 'किसी को भी उन्हें उनके दुर्भाग्य के कारण दोषी नहीं ठहराना चाहिए। लेकिन ऐसा लगता है जैसे भाग्य ने उनका साथ छोड़ दिया है। उनके पड़ोसी परिवार के साथ सब कुछ सही होता चला गया, ऐसा लगता है जैसे ईश्वर ने उन्हें सोचने-समझने की शक्ति नहीं दी। उनके पिता परिवार मे कमाने वाले इकलौते व्यक्ति थे जो अब बीमारी से पीड़ित हैं। उनकी माँ भी घर से बाहर नहीं जा सकती क्योंकि वह अभी तक उस दुर्घटना से उबर नहीं पाई है। एक बुरी चीज दूसरी को जन्म देती है जिसकी कमी कभी पूरी नहीं की जा सकती।' क्या यह कहानी आपके दिमाग में कोई घंटी बजाती है? यदि मैं अपने बारे में कहूँ तो ऐसा यकीनन तब होता है जब आप आकर्षण के नियम को इस स्थिति से जोड़ते हैं। एक परिवार ने हर समय अपना विश्वास और सोच को ब्रह्माण्ड से जोड़े रखा जबकि दूसरे ने अपने नुकसान को देखते हुए इसे अपना दुर्भाग्य समझ कर ब्रह्माण्ड को नकारात्मक संकेत भेजने शुरू कर दिए।

आकर्षण के नियम ने दोनों को 'तथास्तु' का वरदान दिया।

आपको अपने विचारों पर केंद्रित होना है और उनके प्रारूप पर नजर रखनी है। यदि आप उन लोगों में से हैं जो बुरे से बुरे समय में भी खुश रहते हैं तो आप ब्रह्माण्ड के साथ सकारात्मक ऊर्जा से जुड़े हुए है। यदि आप अपने जीवन की हर छोटी या बड़ी उपलब्धि से प्रसन्न हैं, यदि आप विश्वास बनाए रखने तथा उम्मीद न छोड़ने की समझ रखते हैं तो किसी भी प्रकार का संकट आपका कुछ नहीं बिगाड़ सकता और आपके साथ सदा अच्छा ही अच्छा होगा।

ऐसा माना जाता है साठ हजार विचारों के बारे में एक-एक करके सोचना बहुत कठिन काम है। ऐसे में आप क्या कर सकते हैं? इसका एक तरीका है। अभी रुको! अपने आप से पूछो कि आप कैसा महसूस कर रहे हैं? क्या आप अभी प्रसन्न हैं या उदास हैं? ऐसा कभी नहीं हो सकता कि आप खुश भी हों और आप मन ही मन बुरा भी सोच रहे हों या फिर आप गुस्से में भी हों और अच्छा सोच रहे हों। यह बिलकुल नामुमकिन है।

कृपया इस सच्चाई को समझ लें, यही सच है। मन में बुरे विचार होने से आप अच्छी चीजों को अपनी ओर आकर्षित नहीं कर सकते या सकारात्मक सोचते हुए आप अपना अहित नहीं साध सकते। इस पुस्तक को कुछ क्षण के लिए एक ओर

रख दें और इस पर विचार करें। अपने जीवन में घटित होने वाली अच्छी तथा बुरी घटनाओं के बारे में सोचें। जब कभी आपको इस बात के बारे में पहले से ही आशंका हो जाती है कि कुछ होने वाला है ("मैं जानता था।"), तो मेरे दोस्त, आप ही उसे अपने लिए चाह रहे थे। आपने तब तक उस अच्छी या बुरी चीज को पाना चाहा, जब तक वह आपके सामने साकार रूप में नहीं आ गई।

आपको लगातार ऐसा करते रहना है। इसका नियमित अभ्यास करें और बीच-बीच में ब्रेक ले कर मूड चैक करें। यह आपको आपके विचारों के प्रवाह के बारे में बताता है। यदि आप स्वयं को हताश और असंतुष्ट पाते हैं तो आपके संकेत नकारात्मक हैं। यदि आप जोश से भरे हुए हैं, प्रसन्न व ऊर्जा से भरपूर हैं तो आपके संकेत सकारात्मक हैं। हमेशा यह बात याद रखें कि आपके साथ कुछ न कुछ अच्छा होने वाला है। हो सकता है कि कल आपके ऑफिस की कैंटीन में कोई खूबसूरत युवती या नौजवान आपसे आ कर कहे, "हे! मैं आपके बारे में ही सोच रहा था/रही थी!

# 3

# नकारात्मक विश्वास को सकारात्मक कैसे बनाएँ?

यदि आप लंबे समय तक नकारात्मक विचारों के बारे में सोचते रहते हैं तो आपके मन में भी नकारात्मकता की भावना बैठ जाती है। कुछ लोग अच्छे गुणों से भरपूर होते हैं जिससे उन्हे आगे बढ़ने में मदद मिलती है लेकिन अकसर देखने में आता है कि वे अपनी नकारात्मक व सीमित सोच के कारण ऐसा नहीं कर सकते। उनकी सोच इतनी खतरनाक होती है कि वह आपकी सारी रचनात्मकता को समाप्त कर सकती है और आपकी आजादी के सारे द्वार बंद कर सकती है। इस प्रकार की सोच आपको दुर्बल बनाती है और आपकी सारी शक्तियाँ छीन लेती है।

यदि आप यह देखते हैं कि आपका मूड लगातार खराब रहता है तो उसे बदलने का प्रयास करें। जितना जल्दी हो सके इस धारणा को बदल दें। लेकिन इससे पहले कि आप ऐसी भावनाओं को त्यागने का विचार बनाएँ, हम आपको बताते हैं कि यह वास्तव में क्या होती हैं और कैसे पैदा होती हैं। एक खूबसूरत कहानी के माध्यम से आपको बताते हैं कि ऐसे विचार कैसे उत्पन्न होते हैं और हमारे ऊपर इनका क्या असर हो सकता है।

एक बार की बात है, एक बुद्धिमान भिक्षु था। उनसे अनेक भिक्षुओं ने शिक्षा ग्रहण की थी और वे भी उसके साथ ही रहते थे। उस भिक्षु के पास एक पालतू बिल्ली थी

जिसे वह बहुत प्रेम करता था। जब भी वह भिक्षु और उसके साथी ध्यान लगाने के लिए बैठते तो वह बिल्ली को अपने पास बाँध कर बिठा लिया करता ताकि वह आसपास दौड़ कर किसी को परेशान न कर सके। ऐसा तीस साल तक होता रहा और फिर उस भिक्षु की मृत्यु हो गई।

इसके बाद एक वरिष्ठ भिक्षु को उनका स्थान दिया गया और उसने भी ध्यान के समय बिल्ली को बाँधना शुरू कर दिया। एक दिन उन्हें बिल्ली कहीं दिखाई नहीं दी जिससे से परेशान हो गए क्योंकि बिल्ली के बिना वे ध्यान लगाने में असमर्थ थे। परिणाम यह हुआ कि अब ध्यान लगाने से ज्यादा बिल्ली को तलाश करना जरूरी हो गया।

अब सारे भिक्षुओं को यकीन आया कि वह बूढ़ा भिक्षु जब भी बिल्ली को अपने साथ बाँधा करता था तो इसके पीछे जरूर कोई कारण था, और वह उनके ध्यान लगाने का एक हिस्सा था। बिल्ली के न होने से ऐसा लग रहा था जैसे वहाँ के रीति-रिवाज में कोई कमी आ गई हो। उन्हें यह अपशकुन सा लग रहा था! बिल्ली के बिना उनके ध्यान लगाने की प्रक्रिया सफल नहीं हो पा रही थी।

इस कहानी से क्या निष्कर्ष निकलता है? एक व्यक्ति ने कोई काम अपनी सुविधा के लिए किया जबकि दूसरों ने आँखें बंद करके ऐसा सोचा कि शायद इसके पीछे कोई कारण था।

इसी प्रकार के विचार मान्यताओं को जन्म देते हैं।

जब आपके मन में कोई विचार आता है और आप उसे अच्छी तरह से पका लेते हैं तो आपका विचार एक मान्यता बन जाता है। उदाहरण के लिए यदि आप सोचते हैं कि आप बुद्धिमान हैं और लोग आपके पास सलाह-मश्वरा लेने आते हैं व आपकी बुद्धिमता की तारीफ करते हैं। समय बीतने के साथ आपके मन में यह धारणा बन जाती है कि आप वास्तव में बुद्धिमान हैं और ऐसा चलता रहता है। ऐसी मान्यताएँ बहुत तेजी से फैलती हैं और आपके समझने तक ये आपके मन में बैठ जाती हैं।

ऐसी मान्यताओं को दो भागों में बाँटा जा सकता है- पहली वह जो हमें प्रेरणा देती है और दूसरी हमें नीचा दिखाती है। पहली प्रकार की धारणाएँ सशक्त या सकारात्मक मान्यताएँ कहलाती हैं और दूसरी बंधक या नकारात्मक मान्यताएँ कहलाती हैं।

हमारे लिए यही बेहतर है कि हम सकारात्मक मान्यताओं का पालन करें। लेकिन यह भी आवश्यक है कि हम नकारात्मक मान्यताओं को मिटाने का प्रयास करें।

नीचे छः तरीके बताए गए हैं जिनसे आप नकारात्मक मान्यताओं से छुटकारा पा सकते हैं:

1) नकारात्मक विचारों को पहचानें।

2) तुरंत उनका समर्थन करने से बचें।

3) यह मान लें कि ऐसे विचारों में कोई सच्चाई नहीं होती।

4) नकारात्मक विचारों पर विवाद करें और उनके खिलाफ सवाल उठाएँ।

5) उन शक्तिशाली विचारों के बारे में सोचें जिनसे आप नकारात्मक विचारों को बदल सकते हैं।

6) अपने मन को सशक्त बनाने वाले विचारों को और बल दें।

आइए अब पहल तरीके से शुरूआत करते हैं:

## 1. नकारात्मक विचारों को पहचानें

सबसे पहले आपको यह सीखना है कि आपने अपनी नकारात्मक मान्यताओं को कैसे पहचानना है।

ऐसा करने के लिए आपको मन में चल रहे नकारात्मक विचारों का पता लगाना है और फिर कुछ सवाल करके उनकी पुष्टि करना है। उदाहरण के लिए आप सोचते हैं, "मैं पढ़ाई में ठीक नहीं हूँ।"

- क्या ऐसा विचार बार-बार आता है?

- क्या ऐसा सोचने से आपको बुरा लगता है?

- क्या ऐसे विचार आपको किसी लक्ष्य तक पहुँचने में बाधा पहुँचाते हैं?

- यह आपकी उन्नति में किस प्रकार बाधक हैं?

नकारात्मक विचार वह होते हैं जो आपके जीवन पर नकारात्मक प्रभाव डालते हैं। अतः बार-बार ऐसे विचारों के बारे में सोचने से आप बुरे बन जाते हैं और अपनी नकारात्मक मान्यताओं पर अड़े रहते हैं।

**2. तुरंत उनका समर्थन करने से बचें।**

लोग बिना सोचे समझे और झूठे सबूतों के बल पर नकारात्मक मान्यताओं का समर्थन करते रहते हैं और उनके बारे में अधिक से अधिक सोचते रहते हैं।

यह दोनों तरह के कार्य नकारात्मक मान्यताओं का समर्थन करते हैं और इन्हे मजबूती प्रदान करते हैं। इनका समर्थन न करना ही नकारात्मक मान्यताओं को रोकने का सबसे पहला तरीका है। आपको प्रत्येक स्तर पर अपनी अवधारणा बदलनी होगी और बार-बार ऐसी सोच पर नियंत्रण रखना होगा।

**3. यह मान लें कि ऐसे विचारों में कोई सच्चाई नहीं होती।**

यह जान लें कि मान्यताओं में सच्चाई नहीं होती। मान्यताओं और सच्चाई में बहुत अंतर होता है। सच्चाई कभी नहीं बदलती लेकिन मान्यताएँ बदलती रहती हैं। सच्चाई सबके लिए एक समान होती है किंतु मान्यताएँ हर व्यक्ति के हिसाब से अलग होती हैं। उदाहरण के लिए यह एक सच्चाई है कि शाहरुख खान एक बहुत बड़ी हस्ती है लेकिन यह मान्यता है कि कोई भी उससे महान नहीं हो सकता।

**4. नकारात्मक विचारों पर विवाद करें और उनके खिलाफ सवाल उठाएँ।**

नकारात्मक मान्यताओं को बदलने का सबसे बेहतर तरीका यह है कि उनके खिलाफ आवाज उठाएँ और उन पर विवाद करें।

मेरे सत्र में आने वाले कुछ लोगों को यह शिकायत रहती है कि उन्हें स्वयं पर भरोसा नहीं है। मैं उनसे पूछता हूँ कि ऐसा क्या है जिससे उन्हें ऐसा लगता है। अपनी बात को साबित करने के लिए वे मुझे एक मुझे लंबी - चौड़ी लिस्ट थमा देते हैं। मैं उनसे उनकी नकारात्मक मान्यताओं के खिलाफ आवाज उठाने के लिए निम्न सवाल करता हूँः

- आपको कैसे पता चलता है कि आपको किसी चीज के बारे में आत्मविश्वास नहीं हैं?
- क्या आप को यकीन है कि आप में आत्मविश्वास नहीं हैं?
- क्या आपने कभी अपने ऊपर विश्वास किया है?
- क्या आपको ऐसी एक भी घटना याद है जब आपने ऊपर विश्वास किया हो?
- क्या आप अपनी मान्यताओं पर भरोसा कर सकते हैं?
- यदि आपके अथवा आपके परिवार के सदस्य आप पर निर्भर हों और उन्हें लगता है कि आप सही कर रहें हैं तो भी क्या आप अपने ऊपर भरोसा नहीं कर सकते?

एक बार जब मैं हजार से भी अधिक विद्यार्थियों के सत्र को संबोधित कर रहा था तो मैंने देखा कि विद्यार्थियों का एक बहुत बड़ा गुट अपने में मस्त था, जो कि इस सत्र में भाग नहीं ले रहा था। इससे वहाँ का माहौल खराब हो रहा था अतः मुझे ही कुछ करना था। मैंने उनमें से कुछ को अपने पास स्टेज पर बुलाया और उन्हें कुछ कार्य सौंप दिए लेकिन उनकी ओर से कोई परिणाम नहीं मिले। मैं लगातार उन्हें समझाता रहा लेकिन उन पर कोई असर नहीं हुआ।

फिर मैं स्टेज से नीचे उतरा और श्रोताओं के बीच जा कर पुनः कुछ विद्यार्थियों को बुलाना चाहा। लेकिन उन्होंने इंकार कर दिया। मैंने एक कुर्सी ली और एक विद्यार्थी के सामने जा कर बैठ गया। मेरा माइक्रोफोन ऑन था इसलिए मैं जो कुछ भी बोल रहा था, उसे सब सुन सकते थे। मैंने उससे पूछा, 'तुम स्टेज पर क्यों नहीं आना चाहते?'

उसने जवाब दिया, 'मैं आज से पहले कभी मंच पर नहीं गया, इसलिए मैं डर रहा था।'

'तो तुम्हारा डर कब जाएगा? क्या इस तरह एक कोने में कुर्सी पर बैठ कर तुम्हारा डर चला जाएगा?'

'नहीं।'

'बिलकुल सही। क्या तुम एक सफल इंसान बनना चाहते हो या फिर ऐसे ही रहना चाहते हो?'

'मैं बहुत सारी सफलता हासिल करना चाहता हूँ।'

'क्या तुम डरते हुए सफलता प्राप्त कर सकते हो?'

'नहीं।'

'इस प्रकार कब तक तुम डर से भरा जीवन जीते रहोगे?'

उसने तुरंत जवाब दिया, 'एक मिनट भी नहीं।'

'तो तुम मंच पर क्यों नहीं आए और इस डर का मुकाबला क्यों नहीं किया?'

'नहीं। मैं नहीं आ सकता। मुझे डर लगता है।'

उसकी बात सुन कर मैंने उसे एक कल्पना करने को कहा, 'कल्पना करो कि तुम शाम को जब अपने घर पहुँचते हो देखते हो कि तुम्हारी माँ अंतिम साँसें ले रही है और उसकी अंतिम इच्छा यह है कि तुम मंच पर खड़े हो कर सैंकड़ों लोंगों को संबोधित कर रहे हो और वे खड़े हो कर तुम्हारा अभिवादन कर रहे हैं, तो ऐसे में तुम अपनी माँ की अंतिम इच्छा पूरी नहीं करोगे?'

'बिलकुल, मैं उनकी इच्छा पूरी करूँगा।'

उसके इस जवाब ने मुझे मेरे अगले सवाल पूछने का मौका दिया। 'तुम कैसे कह सकते हो कि तुम्हारी माँ हमेशा जीवित रहेंगीं? क्या तुम जानते हो कि इस क्षण न जाने कितने ऐसे लोग हैं जो अपने माता-पिता को खो रहे हैं?'

मैं खड़ा हुआ और अपनी बात कह कर वापिस स्टेज पर आ गया। वह विद्यार्थी भी मेरे पीछे-पीछे आ गया। इसी के साथ जिन विद्यार्थियों ने पहले मंच पर आने से मना कर दिया था, वे भी आ गए क्योंकि अब इनका ध्यान अपनी कमजोरियों से हट गया था और वे अपने परिजनों की खुशी के बारे में सोच रहे थे।

अपनी नकारात्मक मान्यताओं को ललकारने से आपका आत्मविश्वास और भी बढ़ जाता है। क्या आप अपनी नकारात्मक मान्यताओं को ललकार सकते हैं? क्या आप अपने आप से ऐसे कुछ सवाल कर सकते हैं जो आपके विचार बदल दें जिससे आपके जीवन में सब कुछ बेहतर हो?

## 5. उन शक्तिशाली विचारों के बारे में सोचें जिनसे आप नकारात्मक विचारों को बदल सकते हैं।

क्या आप अब यह कह सकते हैं, 'मैं इस संसार का ऐसा व्यक्ति हूँ जिसे अपने ऊपर सबसे अधिक विश्वास है।' क्या आप पूरे विश्वास और भरोसे के साथ ऐसा कह सकते हैं? यदि हाँ, तो आप यकीनन अपनी नकारात्मक सोच को सकारात्मक सोच में बदल सकते हैं। इसी प्रकार, एक-एक करके अपनी सभी नकारात्मक मान्यताओं को सकारात्मक मान्यताओं में बदलने का प्रयास करें। यदि आपने ऐसा कर लिया है तो छटे तरीके का पालन करें।

## 6. अपने मन को सशक्त बनाने वाले विचारों को और बल दें।

अब समय आ गया है कि आप अपने मन को सशक्त बनाने वाली मान्यताओं से जोड़ें। इसे निम्न तरीकों से किया जा सकता हैः

- सशक्त बनाने वाली मान्यताओं को बार-बार दोहराते रहें। आप जब भी सकारात्मक विचारों खोए हुए हों तो इन्हें महसूस करें। यह आपका मन कोई न कहीं न कहीं परामर्श देता रहता है। ऐसे अनेक परामर्श जताने का प्रयत्न करें ताकि आप अपनी मान्यताओं को सशक्त बना सकें।

- जो लोग सफलता की बुलंदियों को छू रहे हैं वे सशक्त मान्यताओं पर पूरा विश्वास करते हैं। उनके साथ संपर्क बनाने तथा उनके जैसा रहने का प्रयास करें। उनके सोचने तथा समझने के तरीकों का अनुसरण करें। उनकी तरह उठना-बैठना सीखें तथा उनकी तरह बोलने का भी प्रयास करें। इससे आपके प्रयासों में तेजी आ सकती है।

- जितना जल्दी हो सके अपने दायरे से बाहर के वातावरण को बदलने का प्रयास करें। इसका अर्थ है कि ऐसे कार्य करें जो आपको सकारात्मक मान्यताओं के बारे में याद दिलाते रहते हैं।

व्यावहारिक रूप से देखा जाए तो नकारात्मक मान्याताओं को मानना जुर्म है। यदि आप भी अधिकतर नकारात्मक मान्यताओं का अनुसरण करते हैं तो आप अपनी सच्चाई को मार रहे हैं। आप स्वयं को ऐसे अदृश्य पिंजरे में बंद कर रहे हैं जिससे आप कभी भी बाहर नहीं आ सकते। आप आपने आप को नीचे गिरा रहे हैं और अपनी ही शक्तियों को कम कर रहे हैं।

तो इंतजार किस बात का है? अपनी सभी नकारात्मक मान्यताओं को तलाश करें और उन्हें इसी क्षण नष्ट कर दें। जी हाँ, मेरा यही मानना है। यहीं पर, अभी से। इस पुस्तक को बंद करें और एक-एक करके सभी नकारात्मक मान्यताओं को निकाल बाहर फेंकें।

# 4

# सफल अभिव्यक्ति का सूत्र

क्या आप जानते हैं कि जो लोग प्रेम में पड़ जाते हैं उनके पास सुनाने के लिए कभी कोई दर्द भरी कहानी नहीं होती। उनके आसपास की सारी दुनिया उनके अनुकूल होती है। जब वे अपने मित्रों से बात कर रहे हों तो वे किसी चीज के बारे में शिकायत नहीं करते। नए-नए प्रेमी लगभग कभी बीमार नहीं पड़ते। वे स्वयं को इस स्थिति में पाते हैं कि उन्हें अपने आसपास बहुत कुछ नया और अच्छा लगने लगता है जैसे नए मित्र, नई नौकरी, काम करने का अनुकूल वातावरण, तेजी से बढ़ता हुआ बिजनेस आदि। हम कह सकते हैं कि किस्मत उनका साथ देती है।

लेकिन क्या आप असली रहस्य जानते हैं? मनुष्य के साथ जुड़े सभी तरह के एहसास तथा भावनाओं में से प्रेम का एहसास सबसे शक्तिशाली होता है। जब आप प्रेम में पड़ जाते हैं तो आप में से इस प्रकार के स्पंदन निकलते हैं कि हर चीज प्रकाश की गति की तरह आपकी ओर आकर्षित होती है। अब हम समय के साथ चलते हुए, एक पुरानी कहावत के आधार पर इसे समझ सकते हैं कि, "प्यार से ही दुनिया चलती है।" आपने कभी नहीं सोचा होगा कि यह वाक्य कितना मायने रखता है।

मैं जब प्रेम शब्द का प्रयोग करता हूँ तो इसका अर्थ रोमांस से नहीं है। इसका मतलब है, हर चीज से प्रेम होना। यह उस छोटी लाल रंग की कार के लिए हो

सकता है जिसे आप दिल से चाहते हैं, आपके बचपन में देखा गया वह सपना जिसे आप अब पूरा करना चाहते हैं या फिर आपकी स्कॉटलैंड घूमने की इच्छा। आप इन सबसे प्रेम करते हैं और इन्होंने आपके जीवन को उजागर किया है। यह और कुछ भी नहीं है एक बार फिर से केवल आकर्षण का नियम है।

आप यकीनन कहेंगे, 'यह सच है। लेकिन यह कब तक काम करता है? क्या आप बता सकते हैं कि कोई काम कब पूरा होने वाला है? मैं बहुत कड़ी मेहनत से काम करता हूँ और मैं ऐसा करने के लिए कुछ भी करने को तैयार हूँ। लेकिन इसके लिए मैं ऐसा कुछ नहीं करता जिसके लिए मेरा मन राजी नहीं होता।'

ऐसा इसलिए होता है क्योंकि हर काम करने का एक तरीका होता है, थोड़ी जानकारी आवश्यक होती है और योग्यता द्वारा अभ्यास करना होता है। अतः कुछ चीजों की ओर अपनी जानकारी को बढ़ाते हुए यह जानना आवश्यक है कि आकर्षण का नियम क्यों और कैसे काम करता है। एक बार जब हम इसे जान जाते हैं तो इसे आसानी से अपनी जीवन शैली में उतार सकते हैं।

हम सभी एक सफल व्यक्ति बनना चाहते हैं और जीवन में बड़े से बड़े लक्ष्य को पाना चाहते हैं। लेकिन कभी-कभी हम उस लकीर से भटक कर अपने लक्ष्य की दिशा खो देते हैं।

नीचे दिए गए चार तरीके आपको आपकी दिशा के बारे में बताते हैं जिनका आपके जीवन पर गहरा प्रभाव पड़ता है।

1) प्रबल इच्छा

2) पूर्ण स्पष्टता

3) पूर्ण विश्वास

4) उम्मीद व भरोसा

आइए पहले तरीके से शुरूआत करते हैं:

### 1. प्रबल इच्छा

आकर्षण का नियम कहता है कि यदि आपके अंदर किसी चीज के लिए प्रबल इच्छा है तो संसार की कोई भी शक्ति आपको उसे पाने से रोक नहीं सकती। लेकिन सबसे महत्वपूर्ण बात यह है कि आपकी इच्छा बहुत मजबूत होनी चाहिए और ब्रह्माण्ड को सकारात्मक तरीके से उसका संदेश भेजा जाना चाहिए।

अपनी प्रबल इच्छा को समझने के लिए आपके अंदर दूढ़ वचन जैसे भाव का होना बहुत महत्वपूर्ण होता है।

इसकी शुरूआत करने के लिए यह जरूरी है कि आपके मन में कोई ऐसी इच्छा हो जिसे आप पूरा करना चाहते हैं। यह ब्रह्माण्ड आपसे वह इच्छा जानने का इंतजार कर रहा है।

आपको केवल अपना सबसे महत्वपूर्ण सपना जाहिर करना है और अपने दृढ़ विचारों के साथ उस पर स्थिर रहना है। आपको केवल उसी विचार पर डटे रहना है। कभी भी अपनी इच्छा के बारे में विश्लेषण मत करो। इसे बार-बार ध्यान में मत लाओ और कभी कमजोर न पड़ने दो। इसे कभी छोटा मत समझो या फिर किसी छोटी इच्छा से मत बदलो। ऐसा करने की मूर्खता मत करें क्योंकि ब्रह्माण्ड आपको सब कुछ दे सकता है।

अपने विचारों को योजनाबद्ध तरीके से सोचें। जब नील आर्मस्ट्रांग छोटा बच्चा था तो उसने लड़खड़ा कर एक छोटा कदम अपनी माँ की ओर बढ़ाते हुए, अपना अंगूठा चूसते हुए कहा होगा कि वह चाँद पर चलना चाहता है। उसकी माँ ने उसे उठा कर प्यार से उसके गाल पर एक चुंबन दिया होगा। जब वह एक नौजवान युवक बन गया होगा तो भी उसके मन में चाँद पर घूमने की इच्छा रही होगी और उसकी माँ ऐसा अजीब सा लक्ष्य सुन कर बेहोश हो गई होगी। लेकिन आज हम सब उस व्यक्ति को जानते हैं कि वह कौन था। क्या आप समझते हैं कि उसने कोई भयानक सपना देखा था? शायद कोई नहीं। इसलिए अपने लिए बेहतर से बेहतर सोचें- डरपोक मत बनें और आपके मन में जो भी प्रबल इच्छा हो, उसे माँग लें।

लेकिन इस बात का ध्यान रखें कि ब्रह्माण्ड बहुत समझदार है। यह इस बात पर विश्वास नहीं करता कि आपकी प्रबल इच्छा क्या है? जिस क्षण आपके मन में कोई इच्छा जागती है, ब्रहमाण्ड उसी क्षण एक के बाद एक करके आपकी परीक्षा लेनी शुरू कर देता है। जो व्यक्ति इस परीक्षा में उत्तीर्ण हो जाता है, जीत उसी की होती है।

मैं अब आपको अपने साथ बीती हुई एक घटना के बारे में बताना चाहता हूँ। जब मैंने बहुत से स्वावलंबन संबंधी कार्यक्रमों में भाग लिया तो देखा कि मेरा जीवन 360 डिग्री की तरह बदल गया। मैंने महसूस किया कि मेरी सभी कमजोरियाँ एक-एक करके शक्तियों में बदल चुकी थीं। मेरे गुरुओं ने मेरा मार्गदर्शन किया जिससे मेरे अंदर यह इच्छा जाग उठी कि मैं महत्वपूर्ण खोज करने वाला एक्स्पर्ट, एक कोच और एक जीवन परिवर्तक बन जाऊँ। मैं जब भी ऐसे किसी सत्र में भाग लेता तो मेरी यह इच्छा तेज होती जाती। अब मैं जल्द से जल्द अपना मार्ग बदलना चाहता था। आई. टी. की नौकरी से भी मेरा मन ऊबने लगा था और मेरा मन लोगों का जीवन बदलने की दिशा में सोचने लगा। मेरे अंदर एक उत्प्रेरक बनने की प्रबल इच्छा तेजी से जाग्रत हो रही थी।

फिर परीक्षा की घड़ी आ गई। ब्रह्माण्ड ने मेरी एक-एक करके परीक्षा लेनी शुरू की दी जिन्हें मैं विभिन्न चरणों में पूरा करता गया और आज मैं एक आनंद का जीवन जी रहा हूँ।

मैं अपनी नौकरी छोड़ कर व अपने मन की बात मान कर कोई अन्य काम करना चाहता हूँ, इस बात के लिए अपने माता-पिता और मित्रों को राजी करना ही मेरी सबसे महत्वपूर्ण परीक्षा थी। यहाँ बहुत सी चुनौतियाँ भी सामने आईं, मेरी नौकरी वास्तव में बहुत बेहतर थी और मुझे उसके बदले एक खूबसूरत वेतन मिलता था। अतः नौकरी छोड़ना मेरे लिए एक महत्वपूर्ण चुनौती थी। यदि मैं नौकरी छोड़ दूँ तो मुझे कहीं से भी आर्थिक सहायता नहीं मिलने वाली थी। मैं नहीं जानता था कि मैं एक स्थिर कमाई के बिना अपना गुजारा कैसे करूँगा। मैं यह भी नहीं जानता था कि अपने मनपसंद काम के साथ मुझे आमदनी कब होगी? मुझे तो यह भी पता नहीं था कि इस क्षेत्र में नया होने से मेरे सत्र में कोई आएगा भी नहीं? उस समय इस क्षेत्र में बहुत बड़े-बड़े व्यक्ति कार्य कर रहे थे और मुझे मेरे शहर में केवल थोड़े से ही लोग जानते थे।

यह मेरे लिए एक भयानक परीक्षा की घड़ी थी क्योंकि मेरे इसी निर्णय पर ही मेरा सारा जीवन निर्भर था। मैंने इसके बुरे से बुरे नतीजों पर विचार किया। मैंने महसूस किया कि ज्यादा से ज्यादा यही हो सकता है कि मुझे लाखों रूपयों का घाटा हो सकता है और कुछ साल बाद मुझे फिर से अपनी आई. टी. की नौकरी पर वापिस जाना पड़ सकता है। "यदि ऐसा है", मैंने सोचा, "तो मैं इसे स्वीकार करता हूँ।"

सौभाग्यवश मेरे पास एक लाख रूपये थे जो मैंने अलग से जमा किए हुए थे। मैंने सोचा यह मेरे लिए एक साल तक के लिए काफी हैं। दिमाग में बहुत ज्यादा उथल-पुथल होने के बाद मैंने मैंने भाग्य के भरोसे छलांग लगा दी। मैंने अपने दिल की बात मान ली और एक अनजाने पेशे में कूद गया।

मेरे माता-पिता नहीं जानते थे कि मैं अपना पेशा क्यों बदलना चाहता हूँ और एक अनजानी राह पर क्यों चलने जा रहा हूँ। मैंने बहुत ज्यादा बाधाओं का सामना किया, लेकिन जब आपकी इच्छा जूनून से पूरी होती है तो आपको सदा अपने पर भरोसा करना चाहिए और इसी का अनुसरण करना चाहिए। मैंने अपना फैसला किया और आगे बढ़ने लगा। यह बात ठीक है कि मेरे परिवार को मेरा रवैया देख कर बहुत दुःख लगा क्योंकि मैंने उनकी बात मानने से इंकार कर दिया था। उन्होंने मुझसे इसके बारे मे बात भी की लेकिन मुझे खुशी थी कि मैं इस परीक्षा में भी सफल रहा।

मेरे जीवन में ऐसे क्षण भी आए जब मुझे लगता था कि मेरी योग्यता पर से मेरा विश्वास डगमगाने लगा है। मैं डर जाता था। उस समय एक कहावत ने मुझे सहारा दिया। इसने मुझे शक्तिशाली बनाया और जब मैं डरा हुआ होता था तो मुझे आगे बढ़ने के लिए प्रेरित किया करती थी। वह कहावत इस प्रकार हैः

"ऐसी बात नहीं कि जीतने वाले को डर नहीं लगता। जीतने वाले तभी जीत सकते हैं जब वे डर के बावजूद भिड़ जाते हैं।"

मेरा यह निर्णय ब्रह्माण्ड के प्रति एक अटल वचन था कि मेरे मन में एक प्रबल इच्छा है- ऐसी इच्छा जिससे मेरे आसपास का वातावरण बदल सकता है।

ऐसा कहा जाता है कि यदि आप मन से किसी चीज को पाने की इच्छा करते हैं तो ब्रह्माण्ड भी आपकी इच्छा पूरी करने के लिए अपनी पूरी शक्ति लगा देता है। ऐसा

ही कुछ मेरे साथ भी हुआ जब मैंने अपना पेशा बदलने के लिए बड़ा, निर्भीक और प्रभावशाली कदम उठाया। जी हाँ, प्रभावशाली कदम क्योंकि यदि मै पहले जैसा रहता तो शायद मैं ऐसा न कर सकता और अपनी वही नौकरी करता रहता जिसे मैं बिलकुल पसंद नहीं करता था और मुझे मानसिक रूप से किसी प्रकार की आजादी नहीं मिलती।

यदि आप अपने अंदर झांक कर देखते हैं तो पता चलता है कि हमारे अंदर यह डर ही होता है जो हमें बड़े सपने देखने और उन्हें साकार करने से रोकता है। उदाहारण के लिए, एक व्यक्ति जो एक साल में केवल पचास हजार रूपये ही कमाता है वह कभी सपने में भी जगुआर कार खरीदने के बारे में सोच नहीं सकता। वह अपने को इस बात के लिए भी राजी नहीं कर सकता कि वह इसके बारे में सोच भी सके, "इसमें सोचने वाली क्या बात है? मैं ऐसा सोच कर केवल दुःखी हो सकता हूँ। मैं कभी इस लायक नहीं बन सकता कि मैं ऐसी कार खरीद सकूँ। अपने सारी जीवन की कमाई लगा कर भी मैं इसे नहीं खरीद सकता।" वह सपना देखते हुए भी डरता है और उसे भूल जाना चाहता है।

यह सवाल आपने आप से पूछें- यदि डर जैसी कोई बात न हो तो ऐसा क्या है जो आप अपने बारे में सोच सकते हैं?

हमारे चेतन और अवचेतन मन में डर ही सबसे बड़ी रुकावट है जिसकी जड़ें बहुत गहराई तक गई हुई हैं। ऐसा शायद आपके किसी पुराने तजुर्बे या आपकी जानकारी के कारण होता है। हम में से अधिकतर लोग कॉकरोच से बहुत डरते हैं जबकि हमें पता है कि वह न तो काटता है और न ही जहरीला होता है। यह डर ही है। यही हमें रोके रखता है। मनुष्य के लिए असफल हो जाना ही सबसे बड़ा भय है। इससे कोई फर्क नहीं पड़ता कि आपने लक्ष्य को कितना ऊँचा रखा हुआ है, सफलता की खुशी से पहले असफलता का भय हमेशा बना रहता है। यह आपकी राह में रुकावट बन जाता है जिससे आप अनजाने भय से जूझते रहते हैं। चूंकि असफल होने का डर एक स्वाभाविक प्रक्रिया है, अतः हमें इसे सफल होने की खुशी के ऊपर हावी नहीं होने देना चाहिए। यह मूर्खता होती है, इससे समय नष्ट होता है और यह किसी काम का नहीं होता। महत्वपूर्ण बात तो यह है कि अपने मन को दृढ़ संकल्प की ओर ले जाने का प्रयाय करें। आप जितने अधिक विश्वास के साथ ब्रह्माण्ड के प्रति दृढ़ रहते

हैं उतना ही अधिक भय को अपने मन से मिटाने के लिए सक्षम होते हैं, जिस प्रकार एक ही विषय पर दो तरह की परस्पर विरोधी भावनाएँ टिक नहीं सकती।

इसमें एक को जीवित रहने के लिए दूसरे को समाप्त होना पड़ता है। इस प्रकार के विधिवत संकल्प से आप सहमत हो जाते हैं कि आपका सपना साक्षात है और असफलता का भय भी कम होता जाता है।

## 2. पूर्ण स्पष्टता

यह मेरा सबसे पसंदीदा विषय है जब मैं लोगों से पूछता हूँ कि जीवन में उनका उद्देश्य क्या है? अधिकतर लोगों का जवाब होता है कि वे ज्यादा पैसे चाहते हैं। मैं एकदम से जेब में से एक हजार रूपये निकाल कर उन्हें दिखाता हूँ और कहता हूँ, "यह लो। अब तुम्हारा लक्ष्य पूरा हो गया। तुमने अभी थोड़ी देर पहले पैसे माँगे थे, और अब तुम्हारा लक्ष्य पूरा हो गया।"

वह व्यक्ति हँसते हुए कहता है, "नहीं, जब मैंने कहा कि मुझे ज्यादा पैसे चाहिए तो इसका मतलब है बहुत सारे।" मैं उससे कहता हूँ कि मुझे साफ-साफ बताए कि उसे कितने पैसे चाहिए? फिर उसके पास कोई जवाब नहीं होता क्योंकि किसी के पास भी 'और अधिक' की तो कोई क्षमता ही नहीं होती। इसी तरह अधिकतर लोग कहते हैं कि जीवन में उनका लक्ष्य शांति पाना है और खुश रहना है।

फिर मैं उनसे पूछता हूँ कि आपकी प्रसन्नता और शांति के मायने क्या हैं? यह ब्रह्माण्ड कैसे जान पाएगा कि आप अब बिलकुल प्रसन्न हैं या शांति महसूस कर रहे हैं? और हर कोई अपने लिए यही चाहता है तो यह केवल आपको ही क्यों चुने?

स्पष्टता ही कुंजी है। यदि स्पष्टता नहीं तो प्रत्यक्षीकरण भी नहीं।

इसमें किसी प्रकार की अस्पष्टता या निरर्थकता नहीं होनी चाहिए। आपको इस विषय में बिलकुल स्पष्ट होना चाहिए कि आपको क्या चाहिए। जिस प्रकार अभी इसी क्षण, मैं इस पुस्तक को समाप्त करके इसे प्रकाशित करवाना चाहता हूँ। आपकी भावनाओं, क्रियाओं, शब्दों, उमंग तथा सोच के बीच कोई कड़ी नहीं टूटनी चाहिए। किसी भी एक कड़ी के टूट जाने का मतलब है कि आपको कोई शक है और इससे आपके संकेत भी कमजोर पड़ जाएँगे। आपके द्वारा अलग-अलग प्रकार रंगों

के रूप में संकेत ब्रह्माण्ड को भेजे जाते हैं। इनमे काले रंग के चमकीले के साथ लाल रंग के सकारात्मक उद्देश्यों से भरे होते हैं। इनमें काला रंग ही देर अथवा इंकार का फैसला करता है। इस प्रकार के विभिन्न रंगों से भरे हुए संकेत आकर्षण के नियम को उलझा देता है जिसकी वजह से आप मनचाहे नतीजे नहीं पा सकते।

आकर्षण का नियम हर समय काम करता है। यह कभी असफल नहीं होता। गुरुत्वाकर्षण के नियम की तरह आकर्षण का नियम भी सर्वव्यापी है और हमेशा कार्यशील रहता है।

एक साधारण सा प्रयोग करते हैं। एक चुंबक की एक छड़ लीजिए और उसके साथ कुछ लोहे का बुरादा। जैसा कि आप जानते हैं कि चुंबक के दो सिरे होते हैं- पॉजिटिव तथा नैगेटिव। पॉजिटिव सिरे पर 'पी' तथा नैगेटिव पर 'एन' लिखें। अब लोहे के बुरादे को एक कागज पर बिखेर कर रख दें और चुंबक को कागज के नीचे रखें।

आप देखते हैं कि किस प्रकार लोहे का बुरादा चुंबक के ऊपर आ कर इकट्ठा हो जाता है। चुंबक को नीचे से हिलाते रहने से हम देखते हैं कि बुरादा बिखरता रहता है और फिर से इकट्ठा हो जाता है। हम जानते हैं कि पॉजिटिव सिरा नैगेटिव सिरे को अपनी ओर आकर्षित करता है और विपरीत क्रम में ऐसा चलता रहता है। अब यदि आप चुंबक का पॉजिटिव सिरा लेते हैं और उसे धीरे से कागज के नीचे हिलाते हैं तो देखते हैं कि बुरादे के टुकड़े खूबसूरती से एक ओर इकट्ठे हो जाते हैं और पॉजिटिव व नैगेटिव सिरे की ओर एकत्रित हो जाते हैं। अब चुंबक को उलटा कर दीजिए ताकि दोनों सिरों की दिशा बदल जाए। क्या होता है? बुरादे के टुकड़े कागज पर नृत्य करते हुए सभी नियमों को तोड़ते हुए एक स्थान पर एकत्रित हो जाते हैं। आपने उन्हें उलझा दिया।

जब आप ब्रह्माण्ड को मिले-जुले संकेत भेजते हैं तो ठीक ऐसा ही होता है। आप उन्हें किसी दिशा में भेजने की बजाए नृत्य करवाते हैं जिससे अंत में कम से कम परिणाम सामने आता है, परिणाम नहीं आता या आप फेल हो जाते हैं। और फिर आप कहते हैं, "देखा! मैंने कहा था न यह काम नहीं करता। मैं हमेशा से जानता था कि ऐसा नहीं होगा।" लेकिन आप नहीं जानते कि आपके शक ने इसे पहले से ही व्यक्त कर दिया है।

आकर्षण के नियम का अनुसरण करने के बाद ही आप उससे जो कुछ माँगते हैं, वह आपको दे देता है।

## 3. पूर्ण विश्वास

हमें पूर्ण विश्वास की भी आवश्यकता होती है या फिर कहें कि अपने ऊपर भरोसा रखना चाहिए। आप अपने बारे में क्या सोचते हैं?

आपकी इच्छा का प्रत्यक्षीकरण यह है कि आप स्वयं देखें कि आपको क्या चाहिए। इसके लिए लोग दो प्रकार के विचार रखते हैं:

- हैव-डू-बी (Have-Do-Be)

- बी-डू-हैव (Be-Do-Have)

हैव-डू-बी विचार रखने वाले लोगों को आम आदमी कहा जाता है। ऐसे लोग यह देखते हैं कि उन्हें जो चाहिए, वह पाने के लिए उनके पास बहुत कुछ होना चाहिए। उसके बिना वो कुछ नहीं पा सकते।

उदाहरण के लिए, हैव-डू-बी प्रकार के लोग सलमान खान जैसे हृष्ट-पुष्ट बनना तो चाहते हैं लेकिन वो कहते हैं कि अगर उनके पास अच्छे जूते होते, जिम उनके घर के पास होता, उनका दोस्त उनके साथ जाता और वे रात को समय से सो पाते तो वे सलमान खान जैसे फिट बन सकते थे। उनके घर बिन बुलाए मेहमान न आते तो वे व्यायाम करते हुए सलमान खान जैसे बन सकते थे।

थोड़ी सी भी चूक हो जाने की दशा में उनके मार्ग में बाधा उत्पन्न हो सकती है और उन्हें अपने लक्ष्य तक पहुँचने में से रोक सकती है। उनकी इच्छा पूरी न होने का कोई भी कारण हो सकता है- अपने मनपसंद जूते न मिलना, जिम उनके घर से बहुत दूर था या फिर वहाँ के उपकरण खराब थे। उनका काम और मौसम भी शायद उनके लक्ष्य में बाध पहुँचा सकते हैं या बिना किसी निरीक्षक के वे अपना भोजन सही तरीके से नहीं ले सके। इस प्रकार की रुकावटें उनकी सफलता में बाधा बन सकती हैं जिससे वे हम समय असफल होते रहेंगे। फिर वे आसानी से इसका इल्जाम किसी और पर या किसी भी कारण पर लगा सकते हैं। वे इस बात को समझने में असफल

होते हैं कि  कोई भी बाहरी कारकों को अपने वश में नहीं कर सकता। कोई भी दूसरा व्यक्ति आपकी सफलता के लिए जिम्मेदार नहीं हो सकता। आपकी सफलता या असफलता का कारण आपके ही भीतर है।

दूसरी तरह के लोग बी-डू-हैव प्रकार के होते हैं। वे भी कभी आम आदमियों की तरह होते थे जिन्होंने अपने आप को इस लायक बनाया कि वे शान से जी सकें। यदि ऐसे लोग अपने आप को सलमान खान जैसा बनाना चाहते हैं तो पहले ही दिन से वे अपने आप को, अपने मन में सलमान खान समझते हैं। वे अपने शरीर को सलमान खान जैसा ही मानते हैं। वे एक हृष्ट-पुष्ट शरीर के फायदों के बारे में भी सोचा करते हैं। वे पहले से ही मान कर चलते हैं कि उन्हें अपनी फिटनेस के लिए तारीफें मिल रही हैं। इसका परिणाम यह होता है कि उनके सोचने से वे ऐसे ही बन जाते हैं, जैसा वे सोचते हैं। उन्हें कोई भी शारीरिक काम करने में परेशानी नहीं होती। वे आसानी से जिम जा पाते हैं, वे अपने घर के पीछे वाले हिस्से में ही दौड़ लगा सकते हैं, वे रेलवे ट्रैक के साथ दौड़ सकते हैं, अपनी मांस पेशियों को मजबूत बनाने के लिए बड़े पत्थरों तथा रेत से भरे बैग का इस्तेमाल कर सकते हैं, पुश-अप लगाने के लिए कुर्सी का सहारा ले सकते हैं। पुल-अप करने के लिए भी वे किसी चीज पर लटक सकते हैं। वे अपने भोजन के प्रति भी सर्तक रहते हैं लेकिन वे ज्यादा मोटे भी नहीं हो जाते जिससे अपने लक्ष्य से उनका ध्यान हट सके। उनको कोई चीज नहीं रोकती क्योंकि वे इस चीज पर ध्यान ही नहीं देते कि उनके पास क्या कमी है। वे बस अपना काम करने में जुट जाते हैं। अंततः वे जैसा बनना चाहते हैं, वैसा बन जाते हैं - सलमान खान।

ऐसे लोग किसी मौके का इंतजार नहीं करते कि वह आ कर उनका दरवाजा खटखटाएगा। ऐसे लोग अपना रास्ता स्वयं ही बनाते हैं। उनके लिए हर काम आसान हो जाता है।

मैं आपसे एक सवाल पूछता हूँ- क्या आपने कभी बी-डू-हैव का तरीका इस्तेमाल किया है? मुझे यकीन है कि आपने ऐसा अवश्य किया होगा। सच्चाई तो यह है कि जब आप छोटे बच्चे रहे होंगे तो आप ऐसा रोजाना करते होंगे। आप खेलना चाहते होंगे और खेल के मैदान में सबसे बेहतर बनना चाहते होंगे। क्या आपने कभी सोचा है कि, 'ओह! खेल के समय बहुत दौड़ना पड़ता है और ऊर्जा भी बेकार चली जाती है और बहुत सारा समय भी नष्ट होता है।'

जाने-अनजाने आप इसमें बहुत सा मजा लेना चाहते हैं। आपने खेल में मेहनत की, आप थक गए लेकिन आप फिर भी खेलना चाहते हैं। सच्चाई यह है कि आप जो चाहते थे, वह आप कर लेते हैं जिससे आपको बहुत खुशी मिलती है। कहने का अर्थ यह है कि जब आप छोटे बच्चे थे तो आप हर दिन बी-डू-हैव के तरीके से जिया करते थे। यही सफलता का असली रहस्य है जो प्रत्येक खिलाड़ी, बिजनस मैन, पहलवान या कोई फिल्म कलाकार अपनाता है। सच्चाई तो यह है कि हर आदमी जो इस समय ऊँचाई की बुलंदियों को छू रहा है, इसी सिद्धांत का पालन करता है।

हैव-डू-बी तथा बी-डू-हैव बहुत ही शक्तिशाली तरीके हैं। आपको अपना तरीका चुनना है जिसमें आपको कोई गलती नहीं करनी। फिर इसे अपने लाभ के लिए इस्तेमाल करें। एक बार जब आपने अपना तरीका चुन लिया तो उसके बाद यह बहुत आसान हो जाता है।

इस प्रकार के तरीके से आप जो सोच रहे होते हैं, वैसे ही बन जाते हैं और आपके लिए उस कल्पना को साकार करना आसान हो जाता है। अतः एक बार जब आप यह सोच लेते हैं कि जो कुछ आप कर रहे हैं, वह यही है तो आपको वही सोच बरकरार रखनी है। यदि वह कोई लाल रंग की कार है या फिर शिक्षा में अच्छी प्रवीणता हासिल कर, दीवारों पर बड़ी-बड़ी डिग्रियाँ टाँगना। यदि वह कोई ऐसी नौकरी है जिसके लिए आपने बहुत समय पहले इंटरव्यू दिया था तो आप नए कपड़े खरीदें, ऑफिस में पहनने के लिए जूते खरीदें या आप विवाह करने वाले हैं तो अपने जीवन साथी के लिए कमरा तैयार करें ताकि आने वाला जीवन साथी आराम से वहाँ रह सके। जब आप पूरे विश्वास से अपनी इच्छा जाहिर करते हैं तो ब्रह्माण्ड भी उसे पूरा करने में पूरी ताकत लगा देता है। यह मत पूछें कि क्यों और कैसे। इस सवाल का आपसे कुछ लेना-देना नहीं है। आपका काम है माँगना, पूरे आत्मविश्वास और स्वच्छता के साथ, और उसे ग्रहण करने का इंतजार करें।

आपके संकेतों की शक्ति, जिनसे आप नीचे लिखे तरीकों का इस्तेमाल करते हैं, तय करती है कि कितनी जल्दी, कितने प्रभावशाली तरीके से और कितनी नम्रता से आपकी इच्छा पूरी की जाएगी।

*कोई शंका न होना - बहुत जल्द उजागर होना*

*थोड़ी शंका होना - धीमी गति से उजागर होना*

*बहुत सारी शंका - उजागर न होना*

मेरा एक बहुत ही प्रिय मित्र अक्सर कहता था, 'तुम देखना! एक दिन मुझे राष्ट्रपति से पुरस्कार मिलेगा। हमारे घर के ड्राइंग रूम में राष्ट्रपति से पुरस्कार लेते हुए मेरी बहुत बड़ी तस्वीर लगी होगी।'

मुझे उसकी बात सुन कर हँसी आ गई। हम उस समय छटी कक्षा में थे और मेरा मित्र बहुत ही गरीब विद्यार्थी था। वह शायद ही अगली कक्षा में जाने लायक था। उसकी रिपोर्ट कार्ड पर हमेशा लाल रंग के गोल निशान लगे होते थे।

'लगातार लाल रंग के गोल निशान लगे होने के बावजूद भी?' मैं उसे चिढ़ाया करता था।

वह मेरा बहुत अच्छा मित्र था और कभी भी मेरी बात का बुरा नहीं मानता था। लेकिन मैं नहीं जानता था कि उसे अपनी बात पर पूर्ण विश्वास था। उसके बाद हर साल उसकी पढ़ाई में सुधार होता गया। उसके बाद जब वह बॉटनी में एम.ए. कर रहा था तो एक दिन मैं उसके घर गया और उसके स्टडी टेबल के ऊपर एक बड़ा सा फोटो फ्रेम लगा हुआ देखा। मैंने उससे पूछा कि यह फ्रेम किस लिए है। वह मुस्कुराते हुए बोला कि वह इसमें राष्ट्रपति से पुरस्कार लेते हुए अपनी तस्वीर लगाएगा। 'मैं बहुत उत्तेजित हूँ कि वे राष्ट्रपति डॉ. एपीजे अब्दुल कलाम होंगे। वे भारत के अब तक के सबसे अच्छे राष्ट्रपति हैं।'

मैंने सोचा कि शायद मेरा मित्र पागल हो गया है और उसका आत्मविश्वास देख कर तो मैं डर ही गया।

एम. एस. सी. के फाइनल के दौरान मैं एक बार फिर से उसके घर गया। मैंने वही फोटो फ्रेम उसके घर के ड्राइंग रूम में लगे हुए देखा जो अब तक खाली था। इस बार तो मुझे उसके बारे में बहुत चिंता हुई। आप इस प्रकार की भविष्यवाणियाँ ऐसे परिणामों के लिए नहीं कर सकते। मेरा मतलब यह था कि ऐसा कौन होगा जो देश

के राष्ट्रपति के हाथों अपनी उपलब्धियों के बदले पुरस्कार नहीं लेना चाहेगा? मुझे ऐसा लगता था कि उसका विश्वास बहुत अटूट था जिसने उसे सनकी बना दिया था। लेकिन मैं गलत था! आज उसी कमरे में वही फोटो फ्रेम लगा हुआ है जिसमें एक तस्वीर में वह महामहिम राष्ट्रपति से हाथ मिलाता हुआ दिख रहा है। उसे शिक्षा में विज्ञान के क्षेत्र में उत्कृष्ट योगदान के लिए राष्ट्रपति के हाथों स्वर्ण पदक प्रदान किया गया था!

उसने दृढ निश्चय और स्वच्छ मन से ब्रह्माण्ड से अपनी इच्छा जाहिर की और उस पर पूर्ण विश्वास रखते हुए अपने कमरे को सजाया। पुरस्कार मिलने से पहले ही उसने अपने मन में यह बात मान ली थी कि उसे पुरस्कार मिल गया है। यह मन की शक्ति और ब्रह्माण्ड की शक्ति का एक साधारण सा उदाहरण है।

## 4. उम्मीद व विश्वास

अमेरिका के राष्ट्रपति ओबामा ने इन्हीं दो शब्दों के आधार पर चुनाव में जीत हासिल की और वे राष्ट्रपति बने। उन्होंने लोगों को उम्मीद की किरण दिखाई और बताया कि उन्हें अपनी योग्यता पर विश्वास करना चाहिए। उन्होंने न केवल लोगों को उम्मीद व विश्वास दिलाया बल्कि उन्हें स्वयं पर भी पूरा भरोसा था और तभी 'द ऑडेसिटी ऑफ होप ' नामक पुस्तक प्रकाश में आई। उनके अवचेतन मन में ब्रह्माण्ड के प्रति जीरो प्रतिशत भी शंका नहीं थी कि वे जो चाहते हैं, वह उन्हें नहीं मिलेगा।

उम्मीद तथा भरोसा दो ऐसे मजबूत स्तंभ हैं जो आपको किसी चीज की इच्छा करने तथा उसे पूरा करने की शक्ति देते हैं। यदि आप अपने सपनों का घर बना रहे हैं, सफलतापूर्वक कोई प्रयोग करना चाह रहे हैं, अपने जीवन का पहला केक पका रहे हैं तो आपको अपनी उम्मीद को जीवित रखना है और उस पर पूरा भरोसा करना है। इस प्रकार धीरज रखने से आप अपने सपने की वास्तविकता से परिचित हो सकते हैं और एक के बाद एक करके तब तक अपने हृदय की बात मानते चलें जब तक कि आप अपने लक्ष्य को पूरा नहीं कर लेते।

मैं आपको बताना चाहता हूँ कि यदि आपने पहले तीन चरणों को पालन किया हो तो आप स्वयं ही उम्मीद और विश्वास जैसे भावों से भरपूर हो सकते हैं।

हमने ऐसे लोग भी देखे हैं जिन्होंने स्वर्ग, नरक तथा धरती पर अपनी उस शक्ति के सहारे विजय प्राप्त की है जिसका हमने अभी जिक्र किया है- तीव्र इच्छा जो कि स्वच्छता, शांति, उम्मीद व विश्वास के साथ पैदा होती है।

यह प्रक्रिया हर समय चलती रहती है, चाहे इसके बारे में किसी को पता हो या न पता हो। ब्रह्माण्ड को भी इसके बदले में कहना होता है- "ऐसे ही चलते रहो।"

मनुष्य को स्वादिष्ट भोजन खाने की इच्छा थी जिसके लिए उसने आग का आविष्कार किया! वह तेजी से यात्रा करना चाहता था जिसके लिए उसने पहिए का आविष्कार किया! राइट ब्रदर्स पक्षियों की तरह आकाश में उड़ना चाहते थे जिसके लिए उन्होंने वायुयान का आविष्कार किया! अलेक्जेंडर ग्राहम बेल दूर बैठे लोगों से बात करना चाहते थे जिसके लिए उन्होंने टेलिफोन का आविष्कार किया! नील आर्मस्ट्रांग ने चाँद पर कदम रखा! तेनजिंग नोरगे माऊण्ट एवरेस्ट पर चढ़ने वाले पहले व्यक्ति थे! शेरशाह सूरी बहादुरी से एक शेर से लड़े और उसे अपने हाथों से मार गिराया! एक माँ ने भेड़िए के का मुँह खोल दिया जब उसने देखा कि उसका बेटा भेड़िए के जबड़े में जकड़ा हुआ है!

यह सब मन की विशाल शक्ति तथा मनुष्य के शरीर के उदाहरण हैं। हम कई बार ऐसे साहिसक कार्य करने के लिए अपना मन बनाते हैं ओर कई बार ऐसा भी होता है कि जब हमें बुरी से बुरी अवस्था में ऐसे काम करने के लिए झोंक दिया जाता है तो हम स्वयं हैरान होते हैं कि हमने यह काम कैसे पूरा कर दिखाया!

दो साल पहले मैंने एक अखबार में एक लेख पढ़ा। आप इसे ध्यान से पढ़े क्योंकि इसका एक-एक शब्द सच है।

एक बार एक भारी भरकम शरीर वाली महिला एक ट्रेन में सफर कर रही थी। देर रात के समय वह बाथरूम जाने के लिए उठी। जब वह बाथरूम कर रही थी तो अचानक उसके गर्भाशय से उसका बच्चा फिसल कर नीचे रेलवे ट्रैक पर गिर गया। ट्रेन बहुत तेज गति से दौड़ रही थी, लेकिन वह महिला दौड़ कर दरवाजे तक गई, उसे खोला और बाहर कूद गई। ट्रेन चलती रही और वह महिला लगभग आधा किलोमीटर तक वापिस दौड़ती गई। उसने रेलवे ट्रैक पर पड़ा हुआ अपना बच्चा उठाया। बाद में अखबार वालों ने इस बात की पुष्टि की कि उस समय तक रेल की

पटरियाँ बहुत गर्म थीं। इसी दौरान कुछ यात्रियों ने चेन खींच की ट्रेन रुकवा दी और उस महिला की तलाश में वहाँ दौड़ पड़े।

कुछ प्रत्यक्षदर्शियों के अनुसार महिला ने अपने काँपते हुए नवजात शिशु को अपनी छाती से लगा रखा था। लेकिन उसका शिशु जीवित था! दोनों बिलकुल सही सलामत थे!

यह कहानी संक्षेप में आशा और विश्वास का संदेश देती है। उस समय हालात की परवाह न करते हुए उस महिला ने स्पष्ट मन से असंभव लक्ष्य के बारे में सोचा। उसने सही या गलत की परवाह नहीं की, किंतु या परंतु जैसे शब्दों के बारे में भी नहीं सोचा और बिना किसी शक की गुंजाइश के ट्रेन से कूद गई।

उसका विश्वास पक्का था और यकीनन एक माँ के रूप में अपने शिशु को बचाने की भावना थी, तीव्र इच्छा थी। उसके द्वारा ब्रह्माण्ड को भेजे गए संकेत इतने शक्तिशाली थे कि ब्रह्माण्ड ने भी बिना एक क्षण गँवाए कहा, "तुम्हारी इच्छा पूरी हुई।" इससे असंभव काम संभव में बदल गया। कहते हैं न कि अगर लगन सच्ची हो तो रास्ते खुद ब खुद बन जाते हैं।

दोस्तों, यदि आप थोड़ी देर रुक कर इस दिल दहला देने वाली तथा भयानक घटना पर विचार करें तो आप समझ सकते हैं कि ब्रह्माण्ड के नियम में इतनी अधिक शक्ति है कि वह असंभव को भी संभव में बदल सकता है।

ब्रह्माण्ड हर समय विशुद्ध शक्तियों जैसे संकेतों के बदले आपको कुछ न कुछ देता रहता है। आकर्षण का नियम एकदम सत्य है। यह 100 प्रतिशत सही है। यह कभी असफल नहीं होता।

अब यदि आप यह कहना चाहते हैं कि यह आपके लिए काम नहीं करता तो आप इस पर दोबारा विचार करें। अपनी सोच का तरीका बदलें और अपने संकेतों की स्वच्छता पर गौर करें जो आपके चेतन मन से निकल कर अवचेतन मन में भेजे जाते हैं।

आप जिस तरीके से आर ए एस को अपनाते हैं वह उसी अनुसार आपके संकेतों की ओर आकर्षित होता है। यदि आप सकारात्मक संकेत भेजते हैं तो आपको

सकारात्मक परिणाम ही मिलते हैं और यदि संकेत नकारात्मक हैं तो आपको उसके परिणाम भी नकारात्मक ही मिलेंगे और यदि आपके संकेत मिलजुले हैं तो शायद आपको हैरान करने वाले या फिर चैंकाने वाले परिणाम मिल सकते हैं!

एक बार एक व्यक्ति था जो कई सालों तक रोजाना ईश्वर की प्रार्थना किया करता था। एक दिन ईश्वर उसके सामने उपस्थित हुए और उसे तीन वरदान देते हुए कहा, "मेरे पुत्र। तुम क्या चाहते हो?"

उस व्यक्ति ने जवाब दिया, "मैं चाहता हूँ कि मेरा बैग नोटों से भरा रहे। मैं चाहता हूँ कि मेरे आसपास खूबसूरत महिलाएँ रहें। और मैं चाहता हूँ कि मेरे पास बहुत बड़ी गाड़ी हो।"

ईश्वर ने कहा, "ठीक है। ऐसा ही होगा।"

वह व्यक्ति आगे चल कर एक बस कंडक्टर बन गया और उसके गले में लटके बैग में नोट भरे रहते, रोजाना खूबसूरत महिलाएँ उसकी बस में आ कर बैठतीं और जब बस चलती तो सड़क पर सैंकड़ों कारें उसके आसपास दिखाई देतीं। भगवान को बस से बड़ी गाड़ी समझ नहीं आई इसलिए हमेशा पूरी स्पष्टता से सोचें।

अतः हमेशा किसी खास बात के बारे में ही सोचो।

ब्रह्माण्ड को कभी भी चंचल मन से और गलत संकेत मत भेजें। आप तथास्तु के प्रभाव से पराजित हो सकते हैं जो हमेशा आकर्षण के नियम का कहना मानता है।

> "मुझे पैसों की खनखनाहट से प्रेम है।"
>
> "मैं धनवान बनना चाहता हूँ।"
>
> "मैं किसी दिन बहुत बड़ा आदमी बनूँगा, एक खूबसूरत महिला से विवाह करूँगा और किसी जगह एक घर बनाऊँगा।"

इस प्रकार के वाक्य अस्पष्ट होते हैं। इनसे ऐसा प्रतीत होता है जैसे आपको शायद ही कुछ चीजें पसंद है लेकिन आप किसी एक के लिए भी आशा नहीं रखते। अतः आपके संकेत कमजोर हैं। आकर्षण का नियम जिस किसी संकेत से अर्थ मिल जाता है, वह उसी को तथास्तु कह देता है।

सफल व्यक्तियों के सोचने का तरीका कभी अस्पष्ट नहीं होता क्योंकि उनके बात करने के तरीके से सब कुछ स्पष्ट हो जाता है। वे जब भी बात करते हैं तो उनकी बातचीत से स्पष्टता की झलक आती है। वे 'यदि' तथा 'किंतु' या फिर बेकार के शब्द जैसे 'चलो देखते हैं' या फिर 'मुझे सोचने दो' का इस्तेमाल नहीं करते। वे जबरदस्त तरीके से 'हम्म' तथा 'ओह' जैसे शब्दों का प्रयोग करने से बचते हैं और साफ-साफ वही बात करते हैं जो वे कहना चाहते हैं। ऐसा इसलिए होता है क्योंकि उनके मन में हमेशा स्पष्ट बात आती है। सभी नहीं तो अधिकतर सफल लोग श्रेष्ठ वक्ता होते हैं। वे जब भी बात करते हैं तो उनके चेहरे से विश्वास झलकता है, उनकी वाणी भी आरामदेह होती है, उनका बातचीत करने का तरीका भी बहुत सधा हुआ होता है और वे जिस भी विषय के बारे में बात करते हैं, उसमें सच्चाई होती है। इस प्रकार का विश्वास तभी आ सकता है जब आप अपने विषय पर केंद्रित हों और आपके संप्रेषण से भी झलकता है।

अतः अपने को सुनिश्चित बनाने का प्रयास करें, अपनी बात को विस्तार से कहें। विश्वसनीय बनना व समर्पित होना सीखें तो सफलता आप के कदमों में होगी। अपने दिमाग से मकड़ी के जाल को तोड़कर बाहर निकलें और मन को साफ करें, ताकि आप स्वयं से पूरी स्पष्टता से संप्रेषण कर सकें।

# 5

# लोग धनी कैसे होते हैं?

ऐसा क्यों है कि धरती की कुल जनसंख्या के केवल एक प्रतिशत लोगों के पास ही ग्रह की अधिकतर संपदा है? आईआईबीएसआर में हम इस विषय पर विशेष सत्र करते हैं, 'धनी व्यक्ति कैसे सोचते हैं?' क्या वे हमसे अलग तरह से सोचते हैं? क्या उनके पास लोगों व हालात के लिए हमसे अनूठी या अलग पहल होती है? अगर सब कुछ उनके दिमाग में होता है तो उनके दिमाग में ऐसा क्या है, जो उन्हें आम लोगों से अलग बनाता है? आपके हिसाब से 'अमीर' किसे कहते हैं और वे लोग अमीर बनने से पहले, 'अमीर' किसे कहते थे?

बेशक, हर किसी की तरह, अमीर लोग हमेशा अलग तरह से काम करते हैं। हम जब से जन्म लेते हैं, हमारा प्रत्येक क्षण, व्यक्तित्व को प्रभावित करता है। यही हमें आकार देता है। यही हमें दूसरों से अलग करता है।

जैसा कि मैंने पहले भी कहा, कोई भी जानकारी कहीं गुम नहीं होती। अपने दिमाग की कल्पना ऐसी अलमारी से करें जिसमें कई दराज हैं। आपके जीवन के हर पहलू के लिए अलग दराज होगी - निजी जीवन, सेक्स जीवन, स्वास्थ्य, संबंध, लक्ष्य व उपलब्धियाँ। और फिर इनमें से एक पैसे के लिए होगा।

हम जो भी सोचते हैं, वह हमारे मन के दराजों में जमा हो जाता है। अगर कोई बचपन से ही यह सुनते हुए बड़ा हुआ है कि पैसा बुराई की जड़ है, यह बुरा है, लोगों को लालची बनाता है। उन्हें उदास कर देता है। यह अनैतिक है यह एक कमजोर व्यक्ति की लालसा है आदि - तो वे भी धन के बारे में ऐसा ही रवैया रखेंगे।

अगर किसी को हमेशा यही सिखाया गया कि उसे आड़े वक्त के लिए पैसा बचा कर रखना होगा तो वह आजीवन पैसे को उसी तरह रखेगा। वह मौका मिलते ही पैसा जमा करना चाहेगा और पैसा कमाने के साथ स्वयं को नहीं जोड़ सकेगा।

अगर किसी को यह सिखा दिया जाए कि उसे चादर देख कर अपने पैर पसारने होंगे, तो वह सीमित सोच उसे पैसे के बारे में किसी और तरह से सोचने ही नहीं देगी।

ये लोग जो भी करें, वे कभी धनी नहीं होंगे। वे सदा उस अतिरिक्त धनराशि के लिए संघर्ष करते रहेंगे जो उन्हें आरामदेह बना सकती है। और वह उन्हें कभी नहीं मिलेगा। वे आजीवन अतिरिक्त पचास हजार रूपए के लिए ही तरसते रह जाते हैं। अच्छा, पता क्या है? वे कितना भी कमा लें, उनके पास वे पचास हजार कभी फालतू नहीं होते। वे बचाने के लिए कमाते हैं, एक रुपया भी फालतू खर्च नहीं करते और इस तरह प्रशिक्षित होते हैं कि भविष्य में अपनी आय अधिक कर सकें। वे हमेशा डरे रहते हैं और मानसिक बाधा के चलते ही कोई भी अनुमानित संकट नहीं ले पाते। वे अपने उसी दराज की सोच को  मान कर चलते हैं जो केवल सीमित सोच ही रखती है।

वहीं दूसरी ओर, जिन लोगों को धन कमाने के साथ, उसका आदर करना और दोनों हाथों से उसका स्वागत करना सिखाया जाता है, और अधिक पाने की आस रखना सिखाया जाता है। वे हमेशा अपने व दूसरों की भलाई के लिए उसे प्रयोग में लाते हैं और मानते हैं कि धन को कहीं तालों में बंद कर देने से वह फल-फूल नहीं सकेगा। उनके पास कभी पैसे की कमी नहीं होती और न ही उन्हें उसके लिए जूझना पड़ता है। उनके पास आसानी से धन आता है, पर क्यों?

धनी व्यक्ति सदा दूसरों से अलग तरह से सोचते हैं। शोध कहते हैं कि अधिकतर धनी व्यक्तियों की सोच एक सी होती है। उनकी सोच के ढांचे एक से होते हैं और अगर लोग भी उनका अनुकरण करें तो वे भी धनी हो सकते हैं।

आपकी सफलता के स्तर के लिए आपका चरित्र, विचार और विश्वास बहुत मायने रखते हैं। आपकी संपदा केवल उतनी बढ़ती है जितना आप फलते-फूलते हैं, जब आप एक इंसान की तरह विकसित होते हैं तो आपकी ऊर्जा भी विकसित होती है। आपको अपनी सीमित सोच से उबरना चाहिए और आपको अपने व्यक्तित्व के कुछ पहलुओं का सामना करना चाहिए ताकि आप उनके साथ आसानी से निबट सकें।

- आप कौन हैं?
- आप कैसे सोचते हैं?
- आप कितने आत्म-विश्वासी हैं?
- दूसरों से आपके संबंध कैसे हैं?
- क्या आप सचमुच वह सारा धन चाहते हैं?
- क्या आप इसे संभाल सकते हैं?
- आप लोगों व हालातों को कितनी खूबसूरती से संभाल सकते हैं?
- आप अपनी शारीरिक और मानसिक सेहत को कैसे संभाल सकते हैं?
- क्या आप सही मायनों में धनी होने के हक़दार हैं?

अगर आप अपने बारे में स्पष्ट होना चाहें तो इन प्रश्नों के सही उत्तर देना आवश्यक है तभी आप अपने दराज को बदल सकेंगे। उस बॉक्स में, आपको ऐसे विचारों को शामिल करना होगा जो आपके इस विचार प्रक्रिया से अलग कर, सफलता की ओर धकेल सकें।

अब आपको एहसास होगा कि आपके लिए अकूत संपदा के दरवाजे खुले हैं और आप किसी खास काम में हाथ डाल सकेंगे। तो धनी होने से हमारा क्या तात्पर्य है?

हो सकता है कि धनी होने के बारे में; आपका, मेरा और ब्रह्माण्ड का सोच का दायरा अलग-अलग हो। अपनी बात को सुनिश्चित करें; आप कितना कमाना चाहते हैं?

दस हजार, लाख या करोड़। अपने दिल पर हाथ रख कर कहें, 'इस साल के अंत तक, मैं दस करोड़ रूपए कमाना चाहता हूँ और मैं ऐसा करने का संकल्प लेता हूँ।'

कैसे और क्यों; आपको इस बारे में चिंता करने की जरूरत नहीं है। अपने मन में कोई भी हिचक या संकोच रखे बिना, बस अपने संकल्प पर डटे रहें। जब आप संकल्प लेते हैं तो आपके लिए उस काम के पूरा होने के अवसर बनने लगते हैं। इस निर्णय के साथ ही बहुत सारी घटनाएँ सामने आती हैं जो अपने साथ ऐसे अनजाने अनुभव, मुलाकातें और भौतिक सहयोग लाती हैं जिनकी मनुष्य ने कभी सपने में भी कल्पना तक नहीं की होती।

यह मेरी पहली पुस्तक है और जब मैंने इसे लिखने के बारे में सोचा, तब मेरे दिमाग में हल्का सा भी अंदाज़ा नहीं था कि यह प्रकाशित कैसे होगी। मैं नहीं जानता था कि मेरी किताब को कौन प्रकाशित करेगा। इसे कौन मुद्रित करेगा? यह दुकानों तक कैसे जाएगी? कवर पेज कौन बनाएगा, मीडिया को सूचित कैसे किया जाएगा, पाठकों तक इसे कैसे भेजेंगे? मैं किसी भी बात के बारे में नहीं जानता था। बस मेरे दिमाग में यह किताब थी। मेरे पास आपके साथ बाँटने के लिए बहुत कुछ था और मेरे घुटनों पर लैपटॉप रखा था।

ज्यों ही मैंने लिखना आरंभ किया, तो ऐसा लगा कि मेरे पाठक किताब को पढ़ रहे हैं। एक-एक शब्द को प्रेम दे रहे हैं और मैं अपने लैपटॉप पर आपके लिए इसे लिखता चला गया। शब्द स्वयं ही एक-एक कर पन्नों पर बिखरते चले गए। ऐसा करते हुए, मैंने अपने साथियों और दोस्तों से अपनी इच्छाओं के बारे में बात की और सब कुछ अपने-आप घटने लगा। ऐसा लगा मानो चमत्कार घट रहे हों, मेरी खोजबीन से पहले ही हर तरह की जानकारी स्वयं ही सामने आने लगी।

किसी पुस्तक को पाठकों के हाथों तक पहुँचने से पहले हजार तरह की औपचारिकताओं से गुज़रना होता है और मैं उनमें से कुछ नहीं जानता था। पर यह आपके हाथ में है और यह आपके लिए भी उतनी ही वास्तविक है जितनी मेरे लिए है।

दूसरे शब्दों में, कायनात आपकी सहायक होगी, आपको मागदर्शन देगी, सहयोग देगी और आपके लिए करिश्मे करेगी। यह सभी बाधाओं को अवसरों में बदल देगी पर पहले आपको सही मायनों में संकल्प लेना होगा।

क्या आपने कभी सोचा कि एक सी पृष्ठभूमि से आने के बाद, आपके कुछ स्कूल दोस्त, आपसे बेहतर जीवन क्यों रखते हैं? शायद वे कहीं अधिक सफल हैं और उनके पास आपसे अधिक धन है। दरअसल वे आपसे अधिक संकल्पबद्ध थे। उन्होंने अपने विचारों को माना और कायनात की शक्ति पर भरोसा रखा। वे आपसे कहीं ज्यादा सिलसिलेवार चले।

अगर आप धनी और सफल लोगों से भेंट कर, उनसे कुछ सवाल करें तो आप देखेंगे कि उनके पास सोच का एक सुनिश्चित ढांचा होता है।

- वे आपको बताएँगे कि वे अपने जीवन के मास्टर हैं। जब वे यह घोषणा करते हैं कि वे क्या बनना चाहते हैं और क्या बनेंगे तो वे पूरी तरह से आत्मविश्वास से भरपूर होते हैं। उनके मन में दुविधा के लिए स्थान नहीं होता।

- वहीं दूसरी ओर, निर्धन कहेंगे कि जीवन में सब कुछ पहले से तय है। एक इंसान इसके साथ ही जन्म लेता है और उसका इन पर कोई वश नहीं है। इंसान को अपनी नियति को उसी रूप में स्वीकार कर, आत्मसमर्पण करना ही पड़ता है।

- धनी व्यक्ति आपको दिखाएँगे कि अगर आपमें सोचा-समझा जोखिम मोल लेने की क्षमता है तो आप अधिक आय अर्जित कर सकते हैं। वे आपको बताएँगे कि धनी बनने के लिए यह गुण कितना महत्वपूर्ण हो सकता है।

- निर्धन इस बारे में तर्क देते रहते हैं कि धन के मामले में जोखिम मोल नहीं लेना चाहिए और अर्जन की बजाए बचत ही अमीर बनने का एकमात्र उपाय है।

- धनी लोग बड़ा बनने का सपना देखने का साहस रखते हैं और अपने सपनों पर पूरा भरोसा करते हैं।

- निर्धनों की सोच छोटी होती है। वे अपनी सोच के मामले में भी निर्धन होते हैं। उन्हें बड़ा सोचने से शर्मिंदगी होती है और उन्हें भय रहता है कि कहीं लोग उन्हें दुष्ट या लालची न मान लें।

- धनी लोग नकारात्मकता को परे धकेल कर, अवसरों को लपकना जानते हैं। उनके लिए एक अवसर भी बहुत होता है।

- निर्धनों को अपने और लक्ष्यों के बीच नकारात्मक बाधाओं के सिवा कुछ दिखाई ही नहीं देता।

- लगभग सभी धनी व्यक्ति दूसरे धनी व्यक्ति के प्रशंसक होते हैं। वे एक-दूसरे को चुंबक की तरह आकर्षित करते हैं। वे एक साथ घूमते हैं, भोजन करते हैं और विचार बाँटते हैं।

- निर्धन अक्सर धनी लोगों से दूरी बनाए रखते हैं। वे इस बात को नहीं मानते कि धनिकों ने जायज तरीके से वह धन कमाया होगा। उनके लिए, धनी व्यक्ति संदेहास्पद चरित्र होते हैं जिनमें वर्जित संसार के सारे अवगुण होते हैं। निर्धन, संपदा से खीझते हैं। वे अपने निर्धन साथियों से भी चिढ़ते हैं। बिना किसी कारण के इस तरह का रवैया एक तरह की नकारात्मकता है और उनके मस्तिष्क पर भारी बोझ लाद देती है।

- धनी अक्सर धनी व सफल लोगों की संगति में पाए जाते हैं। वे युवक और युवतियों से मिल कर, उनके नए और अन्वेषक विचार सुनना पसंद करते हैं

- निर्धन अक्सर निर्धनों से ही मिलते हैं और आपस में एक-दूसरे की असफलता पर चर्चा करते हुए, यही सोचते रहते हैं कि जीवन इतना अन्यायी क्यों है। और एक अच्छे भोजन के बाद, वे घर जा कर इसी विषय पर दोबारा सोचने लगते हैं।

- धनी व्यक्ति प्रदर्शन करने और उनसे मिले पुरस्कारों से प्रसन्न होने में विश्वास रखते हैं। वे समय या प्रयत्न से नहीं घबराते। उन्हें अपने हाथ में लिए काम को समाप्त करने की धुन रहती है। वे किसी भी पुरस्कार को ग्रहण करने से पहले, अपने काम को पूरी तरह से समाप्त करना पसंद करते हैं।

- निर्धन चाहते हैं कि उन्हें उनके अमूल्य समय के लिए भुगतान दिया जाए और उन्हें अधूरे या खराब काम से कोई परेशानी नहीं होती। उन्होंने कोशिश की, उन्होंने परिश्रम किया और अब उन्हें उनका पारिश्रमिक चाहिए।

- धनिक प्रचुरता में जीना पसंद करते हैं। वे काम के समय और आराम के समय आराम करते हैं। वे केवल धन के बल पर आनंद नहीं पाते, जीवन के प्रति रवैया ही उन्हें प्रसन्न रखता है। वे जानते हैं कि जीवन दोबारा नहीं मिलता। वे जानते हैं कि आनंद पाने के लिए केवल धन ही काफी नहीं होता।

- निर्धन जीना भूल जाते हैं। उनकी सारी ऊर्जा धन अर्जित करने में ही लग जाती है। उन्हें लगता है कि जीवन कठिन है और उसे कठिन ही होना चाहिए। मौज-मस्ती तो बच्चों का काम है। वयस्कों को केवल परिश्रम ही करना चाहिए। उनके पास धन की नहीं रवैए की कमी होती है। अपने प्रिय परिवार के साथ टी.वी. पर कोई हास्य कार्यक्रम देखने में पैसे नहीं लगते पर वे यह नहीं कर सकते। उनके पास ऐसा रवैया ही नहीं होता।

- धनी लोगों के लिए अवस्था और धन का प्रबंधन ही जादुई मंत्र होता हे। अगर वे पैसा कमाना जानते हैं तो उन्हें उसे संभालना भी आता है, बढ़ाना भी आता है।

- निर्धन व्यक्ति धन के बुरे प्रबंधक होते हैं। उनके पास जो होता है, वे उसका भी कुप्रबंधन करते हैं। रोचक बात यह है कि वे फालतू चीजों पर पैसा लगाते हैं क्योंकि वे उन्हें सस्ती लगती हैं। वे उन जरूरी चीजों पर पैसा नहीं लगाते जो महंगी हैं, भले ही वे उनके लिए जरूरी क्यों न हों। वे अच्छी कंप्यूटर कोचिंग पर पैसा लगाने की बजाए डांस क्लास में जाना पसंद करते हैं जो कि उनके लिए कहीं उपयोगी और लाभदायक हो सकता है। भले ही कंप्यूटर की कोचिंग का खर्च ज्यादा होगा पर डांस क्लास अनावश्यक है। निर्धन इस बात को नहीं समझ पाता। अगर इन्हें कहीं से पैसा मिल जाए तो इसे भी अचानक ही गवाँ भी देते हैं।

- अगर आप किसी धनी से धन के बारे में कोई राज़ पूछें तो वे कहेंगे, 'पैसा ही पैसे को खींचता है।'

- अगर आप किसी निर्धन से उनका राज़ पूछें तो वे कहेंगे, 'पैसे के लिए कड़ी मेहनत करो और एक-एक पाई बचाओ।'

- फीयर फैक्टर -धनी अक्सर भय से डरे बिना कदम उठाते हैं।

- निर्धन अपने भय पर जरूरत से ज्यादा बल देते हुए, राह में ही थम जाते हैं। उनके पास सोचे समझे गए जोखिम नाम के कोई शब्द नहीं होते। एक दिन अमीर होने पर, इसके बारे में सोचेंगे पर आज तो वे ऐसा सोच भी नहीं सकते। उनके लिए वह दिन कभी आता ही नहीं।

- ज्यादातर धनिकों को बदलाव पसंद आता है। वे नए विचारों को मान देते हैं। वे नई पीढ़ी को सराहते हैं, उनकी क़द्र करते हैं। वे नई खोजों और तकनीकों के लिए उत्साही होते हैं। वे ज्यादा से ज्यादा सीखना चाहते हैं।

- निर्धनों को किसी भी नई चीज से चिढ़ होती है और उनका मानना है कि नई पीढ़ी दुनिया को बिगाड़ कर रख देगी। वे कुछ भी नया सीखने से बचते हैं और उनका मानना है कि जो पुराना था, बस वही अच्छा है।

- धनिक अपनी सफलता के लिए ठोस बुनियाद रखते हैं। वे स्वयं से प्रेम करते हैं। वे सजग भाव से आत्म-प्रेम का अभ्यास करते हैं।

यहाँ आत्म-प्रेम से मेरा क्या तात्पर्य है? वे पूरी नींद लेते हैं, पौष्टिक भोजन करते हैं, जॉग करते हैं, जिम जाते हैं और खुद को निखार कर रखते हैं। जब वे रोज दर्पण के सामने खड़े होते हैं तो स्वयं को देख मुस्कुराते हैं। वे अपनी छवि के लिए आत्मविश्वास से भरपूर होते हैं। वे अपने व्यक्तित्व के हर पहलू के लिए सजग होते हैं, अपने वर्तमान से संतुष्ट रहते हैं और भविष्य के लिए निश्चिंत होते हैं। ये लोग आरंभ से ही जानते हैं कि यदि उन्हें अच्छी चीजों को अपनी ओर आकर्षित करना है तो उन्हें पहले अपने बारे में बेहतर महसूस करना होगा, उसके बाद उनके लिए जीवन में कुछ भी करना या पाना असंभव नहीं रह जाएगा।

एक समय था जब मैं घंटों दर्पण के आगे खड़ा अपनी कमियाँ निकाला करता था। मुझे अपनी सांवली रंगत, दुबले शरीर, निस्तेज आँखों और शरीर में लय के अभाव की कमी महसूस होती थी।

मैं हमेशा शिकायत करता था। नतीजन, मैं लोगों से दूर रहने लगा, मेरा आत्मविश्वास बहुत कमजोर हो गया। पता है, फिर क्या हुआ? मेरी वही इच्छा कायनात के लिए आदेश बन गई। लोगों को मुझसे बात करने में दिलचस्पी नहीं थी। मुझसे ज्यादा लोग मिलते नहीं थे। लड़कियों को मेरी संगति पसंद नहीं थी। मुझ अपने से बेहतर, समझदार, आत्मविश्वास से भरपूर चुंबकीय व्यक्तित्व रखने वाले लोगों से जलन होती थी। मुझे ईर्ष्या होती थी कि सभी लोग उन पर इतना ध्यान क्यों देते हैं। तब मेरा जीवन ऐसा ही था

जब मैं पुणे के अद्भुत शहर में आया, तो मैंने जाना कि मैं कितना शक्तिशाली और अनूठा था। मैंने जाना कि मेरे पास कितना सुंदर जीवन था। अक्सर लोग ऐसे किस्मतवाले नहीं होते। हो सकता था कि मेरा जन्म किसी शारीरिक या मानसिक विकृति के साथ हुआ होता या मेरा जन्म किसी निर्धन परिवार की कुटिया मे होता, पर ईश्वर ने मुझे बेहतर जीवन के लिए चुना। मेरा पास जो भी था, मैं उसके लिए स्वयं को भाग्यवान समझने लगा। मैं खुद को सराहते हुए, विशेष व्यक्ति मानने लगा। अपने जीवन के प्रत्येक क्षण का उत्सव मनाने लगा। बेशक मेरे अध्यापकों और दोस्तों को भी इसका श्रेय जाता है। आज, मैं अपने हर दिन को ऐसे जीता हूँ मानो मैं कोई राजा हूँ। लोग मुझे मेरे काम और नाम के लिए प्रशंसा करते हैं। मेरी मौजूदगी से लोग प्रेरित होते हैं और लाखों लोगों को अपने सपने साकार करने में मदद मिलती है।

मैं आपको यह सब इसलिए बता रहा हूँ कि जब तक मैंने अपनी कद्र नहीं की थी, तब तक कोई भी मेरी कद्र नहीं करता था। सबसे पहले आपको ही कुछ करना होगा। तभी सारी दुनिया आपके पीछे चलेगी। इसके विपरीत की अपेक्षा न रखें।

आत्म-प्रेम भले ही सुनने में दंभी और घमंडी सी बात जान पड़े पर ऐसा नहीं है। यह पूरी तरह से तार्किक और उपयोगी है। पर आपका रवैया सही होना चाहिए ताकि यह घमंड जैसा न दिखे। यह हमेशा खुश रहने का अचूक उपाय है।

जब कोई प्रसन्न होता है तो वह सकारात्मक ऊर्जा के दायरे में आ जाता है। अपने जीवन में मनचाहा पाने के लिए आपको भी उसी जादुई ऊर्जा क्षेत्र में जाना है।

सफल लोगों में एक और गुण यह भी पाया जाता है कि वे संप्रेषण की कला में माहिर होते हैं। वे अपने साथ बात करते हुए भी संप्रेषण की कला के सारे नियमों का पालन करते हैं, हमारी अपने साथ संवाद करने की योग्यता से ही हमारे जीवन की योग्यता का पता चलता है।

क्यों?

जैसा कि इस किताब में पहले भी कहा गया है, हमारे मन कभी खाली नहीं रहते, हम लगातार कुछ न कुछ सोच रहे हैं। मन में प्रतिदिन साठ हजार से भी अधिक विचार घूम रहे हैं। हमारे विचार ही हमारे साथ संप्रेषण के वाहक बनते हैं। हमें अपनी सोच को एक वांछित दिशा देनी चाहिए ताकि वे वांछित निर्देश दे सकें। सिग्नल और नतीजों से मेरा अभिप्राय केवल उपलब्धि, प्रशंसा या कुछ पाने से नहीं है। अपने साथ संप्रेषण की योग्यता हमारी प्रसन्नता को सुनिश्चित करती है, जीवन की छोटी बातों का आनंद लेने की योग्यता को सुनिश्चित करती है। और हर छोटे-बड़े क्षण को अद्भुत व शानदार बना देती है।

किसी छोटे बच्चे को अपने-आप खेलते देखें और आप समझ जाएँगे कि अज्ञान व आनंद का मूल्य और संप्रेषण की योग्यता का क्या महत्व होता है।

जब मैंने 1999 में पहली बार कंप्यूटर कक्षा में अपना नाम लिखवाया तो मुझे कहा गया था कि कंप्यूटर इस बुनियादी नियम के अनुसार चलता है।

## इनपुट-प्रॉसेस-आउटपुट

मुझे बताया गया कि आप इनपुट की तरह जो भी डालोगे, वह प्रोसेस हो कर, आउटपुट बन कर आएगा। इसके बाद जब मैं आकर्षण के नियम और मन की शक्ति के बारे में जाना और पढ़ा, तो एहसास हुआ कि हमारे जीवन का बुनियादी तंत्र भी यही है। केवल सही इनपुट होने से ही सही आउटपुट आ सकती है।

जब भी किसी से मिलता हूँ तो उनसे पूछता हूँ, 'हे, आप कैसे हैं?' सबका जवाब यही होता है कि वे ठीक हैं। जब आपको कोई यह सवाल पूछता है तो आपका

जवाब क्या होता है। क्या आपने कभी इस बारे में गौर किया। आपने सोचा कि आप अपने मन को क्या इनपुट दे रहे हैं? इसकी आउटपुट क्या होगी। मैं जानता हूँ कि आप इस पुस्तक को पढ़ रहे हैं क्योंकि आप बेहतर बनना चाहते हैं, कुछ मनचाहा पाना चाहते हैं, आप असाधारण बनना चाहते हैं और सबसे हट कर कुछ करना चाहते हैं। आप अपने जीवन के डायरेक्टर स्वयं बनना चाहते हैं।

पर मेरा सवाल आपसे यह है: आप साधारण इनपुट के साथ असाधारण मूवी कैसे बना सकते हैं? क्या आपको पता है कि आप साधारण शब्दों के प्रयोग से अपना कितना नुकसान कर रहे हैं?

*मैं एक असफल इंसान हूँ। मैं जीवन में कभी कुछ हासिल नहीं कर सकूँगा। मैं हमेशा असफल रहूँगा। मैं तो बिल्कुल नाकारा हूँ।*

आप लगातार स्वयं को ऐसी नकारात्मक इनपुट देते रहते हैं। इन शब्दों से कैसे भाव जगते हैं? आप कैसी छवियों का चित्रण कर रहे हैं? मुझे यकीन है कि इसमें आपकी कोई भलाई नहीं छिपी। ऐसा कुछ तैयार नहीं होगा जिसे आप देखना चाहें।

*मैं एक असाधारण व्यक्ति हूँ जिसके पास अपने मन को जीतने की शक्ति है। मेरा जन्म जीत के लिए ही हुआ था। मैं पूरे दिल से अपने पर विश्वास रखता हूँ। मैं स्वयं अपने जीवन का उत्तरदायित्व लेता हूँ। मैं लाखों लोगों के लिए प्रेरणा का स्रोत हूँ। वे मुझसे अपने जीवन में प्रेरणा चाहते हैं। मैं एक नेता और सर्जक हूँ। मुझे कोई नहीं रोक सकता। मैं एक चमकता सितारा हूँ। मैं इस ग्रह का सबसे प्रसन्न व्यक्ति हूँ। मैं सबसे महान हूँ!*

इन वाक्यों को पढ़ने के बाद आपको कैसा लगा? मुझे पूरा यकीन है कि आपके चेहरे पर बड़ी सी मुस्कान खेल गई होगी। जी, जब आप स्वयं को सही इनपुट देते हैं तो यही होता है। सही इनपुट हमेशा आपको सही नतीजे देने की प्रेरणा देती है।

अब से, जब भी कोई आपसे पूछे कि आप कैसे हैं, तो आपको सकारात्मक उत्तर देना होगा। आप इनमें से कुछ को आज़मा सकते हैं '

- बहुत बढ़िया!

- एक्सीलेंट!

- बहुत खूब

- टॉप आफ दि वर्ल्ड

- बहुत मस्त

- सुपर्ब!

ये शब्द आपके मन को सही इनपुट देंगे। आप जिस भी शब्द का प्रयोग करते हैं, वह अपनी एक शक्ति रखता है और इसका अपना एक अर्थ होता है। यही वजह है कि किसी ने कहा है, 'आप दूसरों से वैसे ही बात करें, जैसी बात आप अपने लिए सुनना चाहेंगे।' तभी तो लोग कहते हैं कि आप जो देते हैं, वही लौट कर आपके पास आता है। अब तक आप इस तथ्य से अनजान थे पर अब आप जानते हैं। अब से अपने और दूसरों के लिए साधारण शब्द का प्रयोग आपके लिए अपराध होगा क्योंकि ऐसा करने से आप अपनी सफलता की राह में बाधा खड़ी कर लेते हैं।

हमारे मन में जो सोच लगातार चलती है, वह उसी जीवन की गुणवत्ता है जिसे हम पाना चाहते हैं। यह कुछ और नहीं हो सकता। आप ऐसा जीवन नहीं पाना चाहेंगे जो आपकी सोच से मेल न खाता हो।

क्या आप लगातार दूसरों से अपनी तुलना करते हुए, शिकायत करते रहते हैं? क्या आपका बहुत सा समय केवल दिखावे से जुड़ी बातों में जाता है। क्या आप दोस्त की सफलता या भाई की उपलब्धियों से जलते हैं? क्या आप हमेशा दूसरों से जलते हैं? तब अपने साथ आपकी संप्रेषण की कला बिल्कुल कच्ची और गलत है। यह अमर्यादित और घटिया है। अगर आप यही सब सोचते हैं तो बदले में यही सब पाएँगे।

अगर आप अपने साथ संप्रेषण की कला को सुधार सके तो आपको प्रसन्न व्यक्ति बनने से कोई नहीं रोक सकता।

अब हमारे पास धनी बनने के लिए कुछ विशेष निर्देश और संकेत आ गए हैं। हमे यह देखना होगा कि हम किस श्रेणी में आते हैं और अपनी सोच के पीछे छिपे राज को डीकोड करना होगा।

केवल इन बातों को जानना ही बहुत नहीं होगा। इस तरह आपको एक निश्चित मंच और आरंभ बिंदु मिलेगा। इन चीजों को लागू करना चाहिए और इसके लिए आपको बदलाव के लिए राजी होना होगा। हर चीज पर विचार करें और केवल उन्हें ही साथ रखें जो आपके विकास के लिए अनुकूल हो सकती हैं। आपको हमेशा अपने दिमाग को खुला रखना चाहिए और कुछ नया आज़माना चाहिए।

आकर्षण के नियम का अभ्यास, अपनी विचार प्रक्रिया को वश में रखना और ब्रह्माण्ड की ओर सकारात्मक ऊर्जा भेजना, यह सब करना आसान नहीं है। मनुष्य आदतों का दास है।

पुरानी सोच के ढांचे तोड़ कर नए ढांचे बनाना कठिन होता है। विरोध का पुट हमेशा बना रहता है। जो लोग अपने सपनों के लिए पक्की धुन रखते हैं वे इन प्रतिरोधों से उबर जाते हैं और अपनी पुरानी आदतों को छोड़ने लगते हैं। उनके लिए राहें बनती जाती हैं।

कैसे?

यह वचनबद्धता की शक्ति है। आप भी ऐसा करें: उठें और अपनी छाती पर एक हाथ रख कर कहें, 'मैं इस साल के अंत तक अपना काम चालू करने का संकल्प करता हूँ।' या 'मैं परीक्षा में 98 प्रतिशत लाने का संकल्प लेता हूँ।' या जो भी आपकी इच्छा हो।

क्या आपने इसे किया?

- - -

नहीं?

- -

- - -

- -

अब भी नहीं?

क्या आपको यह अभ्यास अजीब लग रहा है? अगर हाँ, तो दोस्त अभी आपको थोड़ी और मेहनत करनी होगी।

अगर आपको कोई विचार अजीब या अटपटा लगता है तो जान लें कि आपका मन इसका प्रतिरोध कर रहा है। जब आप अपने सपनों के लिए पक्का संकल्प रखेंगे तो देखेंगे कि कि आपके लिए इन बाधाओं को दूर करना सहज होगा। अहं की परेशानी, हठ, जलन, पीठ पीछे चुगली करना, बीमारी व रोग की बात करना आदि मानसिक बाधा के ही उदाहरण हैं। अगर आप सफल व्यक्तियों से बात करें तो जान सकते हैं कि वे ऐसी छोटी बातें नहीं करते। वे नकारात्मक बातों को अपने दिमाग पर हावी नहीं होने देते और वे हमेशा सजग रहते हैं। अतीत की महान हस्तियों को भी ऊर्जा क्षेत्रों की चुंबकीय शक्ति के बारे में पता था। आइंस्टाइन, अलैक्जेंडर, ग्राहम बैल, नील आर्मस्ट्रांग और आर्यभट्ट, भारतीय गणितज्ञ जिन्होंने हमें 'शून्य' दिया और गणित के संसार को बदल कर रख दिया। वे सब कुछ जानते थे। उन्होंने कभी किसी काम को बेहूदा या अटपटा नहीं जाना। उन्होंने बहुत सारी बेहूदा लगने वाली बातों को अपनाया और तब तक उन पर काम करते रहे, जब तक उन्होंने धरती को बदल देने वाले आविष्कार और खोजें नहीं कर लीं। और आज उनका नाम घर-घर में लिया जाता है।

मैं आपके आगे इन लोगों के नाम क्यों ले रहा हूँ? क्योंकि इन लोगों ने कुछ पाने के लिए कदम बढ़ाया, इन्होंने मानसिक बाधाओं से मुक्ति पाई। दर्पण के सामने खड़े हो कर कुछ कहना भले ही अहमयित न रखे पर कुछ करने को असंभव मानना तो, मानसिक बाधा ही कही जाएगी। आपने पहले किसी काम को नहीं किया तो यह मान लेना गलत होगा कि आप उसे कभी नहीं कर सकेंगे, यह एक बुरी आदत है और आपको इसे रोकना होगा। ईमानदारी से कहें, अगर आपने उसे बाद मे करना चाहा, जब आप पर मेरी ओर से भी कोई दबाव नहीं होगा, तो भी आपके लिए उसे करना कठिन ही रहेगा। आप इस अजीब से लगने वाले काम के साथ असहज रहेंगे और सारा दिन अटपटा महसूस करेंगे। आपके लिए यह मानना मुश्किल होगा कि आपने एक किताब को पढ़ने के बाद सचमुच कुछ मूर्खतापूर्ण किया है।

यह असहजता, कुछ करने या न करने की आदत का एक हिस्सा है। इसे तोड़ना इतना कठिन है कि आप जल्द से जल्द अपने आरामदायक घेरे में लौटना चाहते हैं। और यहीं से वचनबद्धता सामने आती है। यह उन सभी बाधाओं को तोड़ने में

सफल होती है जो आपके लक्ष्य की राह में बाधा बन रही हैं। अगर कायनात आपका साथ दे रही हो तो कोई भी इच्छा या सपना विचित्र या अजीब नहीं माने जा सकते।

दो वर्ष पूर्व, मुझे मेरे एक मित्र के घर से लंच का न्यौता मिला। वहीं उनकी बड़ी बहन भी थीं, जो अपने दो बच्चों के साथ अवकाश मनाने आई हुई थीं। मुझे उन्हें देख कर अच्छा लगा। हमारी भेंट कई वर्ष बाद हो रही थी। लंच के दौरान मैंने देखा कि वे नाममात्र का भोजन कर रही थीं। वे अपने चम्मच से खेलते हुए भोजन को जबरन मुँह में धकेल रही थीं। मुझे यह देख कर आश्चर्य हुआ। वे तो ऐसी नहीं थीं। उन्हें तो स्वादिष्ट भोजन से बेहद लगाव था। मैंने उनसे पूछा कि क्या उनकी तबीयत सही नहीं थी। वे हँस कर बोलीं कि वे बिल्कुल ठीक हैं। दो बच्चे होने के बाद उनका वज़न बहुत ज़्यादा हो गया था। वे उसे घटाने के लिए ही कम खा रही हैं।

मैंने कहा, 'कौन कहता है कि आप मोटी हैं?'

उन्होंने कंधे सिकोड़े, 'मैं शीशा देख सकती हूँ और बाकी सब भी कहते रहते हैं।'

'तो अब से, जब भी आप दर्पण देखें तो कहें, 'मैं दुबली और छरहरी हूँ। मेरी देह की गढ़न बिल्कुल वैसी है, जैसी मैं चाहती थी। मेरी सेहत बिल्कुल ठीक है।' ऐसा रोज सुबह और शाम कहना होगा। भोजन से पहले कहना होगा। जब भी आप वज़न को ले कर मायूस हों, तब यह बात अपने-आप से कहनी होगी। अपनी देह की कल्पना, अपने प्रिय फिल्मी सितारे के रूप में करें और अपने लिए ऐसे कपड़ें लें, जो उस साइज़ के हों, जैसा आप अपने शरीर के लिए चाहती हैं।'

वे खिलखिला कर बोलीं, 'और सारा पैसा बरबाद हो जाएगा। तुम दीवाने हो क्या! केवल कल्पना करने से क्या होगा!'

मैंने अपनी बात पर बल दिया, 'आप कोशिश तो करें। छह माह तक आज़माएँ और अपने लिए आदर्श वज़न को शीशे पर लिख कर चिपका दें। अपने लिए नापने का फीता लें और हर रोज अपना माप लें। इस बात पर भरोसा रखते हुए, अपने मनपसंद माप के कपड़े लें। लोग जो भी कहें, आपको यही मानना है कि आप पूरी तरह से फिट और छरहरी हैं। आप खाने से नहीं, अपनी सोच से मोटी होती हैं। जब आप सही मायनों में खुद को सुंदर और स्लिम मानने लगेंगी तो आपकी इच्छा पूरी होगी।' वे बेमन से ऐसा करने के लिए मान गईं।

दो ही महीने बाद, मेरी और उनकी दोबारा भेंट हुई और वे अपने नतीजों से बहुत खुश थीं। उन्होंने कहा कि वे जीवन में पहली बार अपनी देह को ले कर खुश थीं। वे उन कपड़ों को पहन रही थीं जिन्हें चाह कर भी कभी पहन नहीं सकीं। उन्होंने कहा कि वे यकीन नहीं कर सकतीं कि केवल सोच से ही इंसान क्या कुछ कर सकता है।

कुछ लोगों का थायरायड स्लो होता है। कुछ से कहा जाता है कि उनके मेटाबॉल्ज़िम की दर धीमी है। यह एक अनुवांशिक तथ्य है। अक्सर गर्भावस्था और शिशु के जन्म के दौरान महिलाओं का वज़न बढ़ जाता है। ये लोग उसे ही मोटापा मान लेते हैं। जब वे ऐसा मान लेते हैं तो अकारण ही उनका वज़न बढ़ने लगता है। उन्हें लगता है कि ये सब सहज और वे कुछ नहीं कर सकते। फिर वे मोटे होते जाते हैं और आस घटने लगती है। अगर ऐसी महिलाएँ आकर्षण के नियम को लागू करें, खुद को पतला होने से पहले ही, पतला मानने लगें तो उनका वज़न अपने-आप घटने लगेगा।

मोटापे की सोच के साथ वज़न घटना असंभव है। यह आकर्षण के नियम के खिलाफ है। आपको अपने और अपनी देह, अपने बालों, अपनी त्वचा, कपड़ों और छवि के बारे में बेहतर और खूबसूरत महसूस करना होगा। जब भी आप दर्पण देखें, आपको उसमें एक सुंदर व्यक्ति की छवि दिखनी चाहिए।

जब मैं आठवीं में था तो प्राइवेट कोचिंग के लिए मैथ टीचर के पास जाता था। वे हमें बैच में पढ़ाते थे और हमारे बैच में छह लड़के और लड़कियाँ थे। उनमें से एक लड़की अचानक कुछ दिन पहले एक रेस्तराँ में दिखी। वह कोई खास नहीं थी या उसमें ऐसा कुछ नहीं था कि वह हमें याद रहती। बस इतना याद है कि वह अपने स्वभाव की वजह से हमारे ग्रुप में फिट नहीं थी। वह चिड़चिड़ी थी और उसकी यही बात, उसे हमसे दूर रखती थी। वह जरूरत न होने पर भी आक्रामक रवैया बनाए रखती।

वह अनाकर्षक भी नहीं थी पर उसमें कुछ ऐसा था, जो हमें उससे परे रखता। मैं जानता हूँ कि किसी के बारे में इस तरह बात करना सही नहीं होगा पर इसकी भी एक वजह है और मैं उसे आपके साथ बाँटना चाहूँगा, खासतौर पर अपनी पाठिकाओं को बताना चाहूँगा।

उस दिन रेस्त्राँ में उसने मिलते ही कहा, 'हाय!' मैं सुन कर हैरान हो गया। मैं सोचने लगा कि क्या यह वही लड़की है। वह बहुत प्यारी लग रही थी। मैं खुद को उसकी तारीफ करने से रोक नहीं सका। पर उसकी मेरे लिए वह प्रतिक्रिया, हैरानी में डाल रही थी। वह बोली, 'जी जनाब, मुझे पता है कि मैं सुंदर हूँ और आपका बहुत-बहुत धन्यवाद।'

उसका ये अंदाज तो कुछ अलग ही दिखा। उसकी मुस्कान प्यारी लग रही थी, चेहरा जगमग कर रहा था और आँखों से ज़िंदगी झलक रही थी। मुझे उसे कहना ही पड़ा कि क्या मैं कुछ देर बैठ कर बात करें। ऐसा नहीं कि मैं पुरानी जान-पहचान के कारण ऐसा कर रहा था। उसमें आने वाला बदलाव बहुत बड़ा था और इसके पीछे कोई न कोई तो कारण अवश्य था।

उसने कहा, 'मैं अब बंगलौर में रहती हूँ। करीबन चार साल पहले, मैंने बंगलौर में आपके एक सत्र में हिस्सा लिया था।'

'तुमने हिस्सा लिया था।' मैं पूरी तरह से अचंभे में था। 'तुम सत्र के बाद मिलने क्यों नहीं आईं?'

'मैंने तो आपको बहुत सारे ई-मेल भेजे थे।' उसने मुस्कुरा कर कहा।

'पर मैं तो सारे ई-मेल का जवाब देता हूँ।

'आपने जवाब तो दिया, पर मुझे नहीं पहचाना। पर बात ये नहीं है। बात यह है कि उस सत्र का हिस्सा बनने के बाद मेरा जीवन हमेशा के लिए बदल गया और मैं आपको उन ई-मेल में यही बताना चाहती थी।'उसने खिलखिला कर कहा

मैं उसके बारे में और अधिक जानना चाहता था इसलिए पूछा कि क्या वह मुझे अपने बारे में बताना चाहेगी। वह मान गई। यह रही उसकी कहानी।

जब उसका जन्म हुआ तो वह बहुत सुंदर नहीं थी। वह कम वज़न वाली दुबली और सांवले रंग का शिशु थी जिसके सिर पर घुंघराले बाल थे। पहले दो साल तक वह बहुत बीमार रही और उसे मुश्किल से जीवित रखा गया। जब वह बड़ी हुई तो उसे उसकी बदसूरती के लिए चिढ़ाया जाने लगा। कुछ लोग मजाक में ऐसा करते थे तो

अनजान लोग जान कर उसे चिढ़ाते। वह अभी बहुत छोटी थी इसलिए उसे समझ नहीं आता था कि कोई उसके प्रति दयालु था उससे नीचता भरा बर्ताव कर रहा था।

स्कूल में भी, उसे हमेशा आखिरी पंक्ति में खड़ा किया जाता। बास्केट बॉल टीम में एक्स्ट्रा बनाया जाता जबकि वह अच्छा खेलती थी। घर में उसे सुंदर कपड़े नहीं ले कर दिए जाते थे और माँ उसे मेकअप नहीं लगाने देती थी क्योंकि ऐसा करने से भी उसकी बदसूरती छिपती नहीं थी।

जब भी वह भाई-बहनों के साथ बाहर जाने के लिए तैयार होती तो वे समय नहीं देते थे और कहते, 'तुम तो कुछ भी पहन लो। कोई फर्क नहीं पड़ता।'

इन सब बातों का उसके दिल पर गहरा असर पड़ता। जब भी वह शीशे में देखती तो उसे अपनी परछाईं झांकती दिखती। उसके कपड़े गंदे रहते और उस पर कोई रंग नहीं फबता था। अगर कोई उससे अच्छी तरह पेश आता तो उसे लगता कि वह अपना कोई काम निकलवाना चाहता होगा। जब कोई अशिष्टता दिखाता तो वह उसके साथ बड़ी असभ्यता से पेश आती। उसमें आत्म-विश्वास का अभाव था।

स्कूल में उसे देर से आने या कम अंक लाने पर फटकार मिलती तो उसे लगता कि उसकी बदसूरती के कारण ही वे उसके साथ निर्दयी बर्ताव करते थे। उसने कभी किसी के साथ अच्छा बर्ताव नहीं किया। ऐसा करने से कोई फायदा नहीं था। कोई उससे प्यार से पेश नहीं आता था। वह समाज में पूरी तरह से मिसफिट थी। जीवन बहुत कठोर था पर वह उसके लिए कुछ नहीं कर सकती थी। वह जीवन से लड़ने लगी और इस तरह वह खुद को हमेशा जंग के मैदान में पाती।

उसने बताया कि सत्र में हिस्सा लेने के बाद, उसे मेरी बहुत सी बातों में सच्चाई दिखी। वह मेरी वर्कशॉप के बहुत सारे उदाहरणों से अपने जीवन को जोड़ कर देख पा रही थी। उसने मेरी बात को याद करना चाहा, 'आप जो भी कह रहे थे, उसे पुस्तक के रूप में क्यों नहीं लिखते। तब मुझे अपने दिमाग पर जोर नहीं डालना होगा। मैं उसे खोल कर, उसमें से मनचाहा अंश कभी भी पढ़ सकूँगी।' उस सत्र के बाद मुझे एहसास हुआ कि उसने खुद ही अपने जीवन में आने वाली सारी अच्छी बातों के लिए दरवाजे बंद कर लिए थे। जब वह खुद से इतनी नफरत करती थी तो कोई दूसरा उससे प्यार कैसे कर सकता था। उसमें कुछ भी सकारात्मक नहीं था।

उसका मानना था कि उसे सब कुछ पाने के लिए संघर्ष करना होगा। उसके लिए इस दुनिया में कुछ भी आसान नहीं था।

मेरे सत्र में उसे एहसास हुआ कि उसका जीवन उसकी अपनी सोच और इच्छा के कारण ही कठिन हो गया था। उसने आकर्षण के नियम की पुस्तिका के एक-एक नियम का उल्लंघन किया और फिर अपेक्षा रखी कि संसार की सुंदर चीजें उसके पास होंगी। जब इच्छा पूरी नहीं हुई तो उसने अपनी बदसूरती के लिए नियति को दोषी ठहराया।

जब वह खुद को भीतर से बदसूरत मानती थी तो सुंदर कैसे दिख सकती थी? जब वह खुद से नफरत करती थी तो कोई दूसरा उससे प्यार कैसे कर सकता था। जब उसकी सारी सोच ही उदास थी तो उसे खुशी कैसे मिलती? जब वह अपने आसपास बुराई देख रही थी तो उसे अच्छाई कहाँ से मिलती।

जब वह अपनी सोच के दायरे से बाहर आई तो उसे यह जान कर हैरानी हुई कि वह अपने साथ क्या कर रही थी। वह जानती थी कि अब उसे सब कुछ रोक कर, नए सिरे से आरंभ करना होगा। उसने अपने सकारात्मक और नकारात्मक विचारों को एक जगह लिखा व उनका विश्लेषण किया।

उसने संकल्प लिया कि वह जब भी दर्पण देखेगी तो किसी सुंदर युवती को देखेगी। उसने दर्पण के आगे खड़े हो कर अपनी सुंदरता को निहारा। अपनी मीठी आवाज की तारीफ़ की। उसे तो कभी पता ही नहीं था कि वह इतना मधुर बोलती थी। वह कितने सुंदर कपड़े पहनती थी।

हर दिन बीतने के साथ उसके मन में अपने लिए तारीफ़ बढ़ती गई और फिर कुछ ऐसा हुआ जो पहले कभी नहीं हुआ था। उसे अपने जीवन का पहला कांप्लीमेंट मिला। उसके सहकर्मी ने कहा कि वह उस दिन बहुत प्यारी लग रही थी। उसके कुछ ही दिनों में कई लोगों ने उसकी प्रशंसा की।

संसार पहले से कहीं बेहतर लगने लगा और हालात सुधरने लगे। उसे किसी दोस्त के घर पार्टी का न्यौता भी मिला। ऐसा तो पहले कभी नहीं हुआ था। उसे ऑफिस के वार्षिक कार्यक्रम की मेजबान बनाया गया। वह जीवन की इन गतिविधियों से रोमांचित हो गई। अचानक उसका जीवन प्रसन्नता से घिर गया।

फिर एक दिन वह घटा जो कभी सोचा भी नहीं था। उसके सपनों के राजकुमार ने उसके आगे शादी का प्रस्ताव रखा। वह उसके आसपास के सभी लड़कों में से सबसे योग्य और खूबसूरत पात्रों में से था।

वह हमेशा उसे मन ही मन चाहती आई थी पर कभी कुछ कह नहीं सकी। जब उसे अपनी सुंदरता का एहसास हुआ तो उसने इस इच्छा को कायनात के आगे रखा और उसे जवाब मिला, 'ऐसा ही होगा!'

आपके वज़न, आपकी रंगत, आपकी देह, आपकी बदसूरती या आपके जीवनसाथी की ही बात नहीं है। क्या आप जानते हैं कि डॉक्टरों ने भी कई ऐसे उपाय खोज निकाले हैं जिनके बल पर मन की शक्ति को जागृत किया जा सकता है। आपको यह जान कर आश्चर्य होगा कि इसमें कौन सा विज्ञान छिपा है, आइए जानें:

एक शरीर की निर्माण ईकाई कोशिका कहलाती है। ये कोशिकाएँ प्रतिदिन बदल जाती हैं। पुरानी कोशिकाओं का स्थान नई कोशिकाओं को लेना होता है। हम पुरानी कोशिकाओं के स्थान पर नई और ताजी कोशिकाएँ पाते हैं। अंग भी अपने-आप को नए सिरे से बनाते रहते हैं और इस तरह हर कुछ सप्ताह में हमारा शरीर नए सिरे से जीवंत हो उठता है। इस तरह, चिकित्सीय दृष्टि से, अगर हमारे शरीर में कोई रोग हो तो हम उसे समय - समय के अनुसार अपने से दूर कर सकते हैं।

ऐसा क्यों होता है कि एक व्यक्ति आजीवन किसी रोग में पड़ा रहता है और दूसरे व्यक्ति को उस रोग से मुक्ति मिल जाती है। युवराज सिंह कैंसर से मुक्त हो कर नए जोश और जुनून के साथ मैदान में उतर आता है और अगर आप उसे देखें तो यही कहेंगे कि वह किसी बुखार के बाद या मैडीटेरेनियन में लंबे अवकाश के बाद लौटा है। वह कोई ऐसा व्यक्ति नहीं दिखता जो कैंसर के रोग से मुक्त हुआ हो। हमने कई तरह के रोगी देखे हैं और हम जानते हैं कि वे कैसे दिखाई देते हैं।

मेडिकल करिश्मे क्या हैं? ये कैसे घटते हैं? और वे हर किसी के साथ क्यों नहीं घटते? क्या भगवान सबको एक सा प्रेम नहीं करते? क्या भगवान को लीसा रे या युवराज सिंह से ज्यादा प्यार है। लीसा रे स्तन कैंसर के बावजूद भली-चंगी हुईं। दरअसल कोई न कोई कड़ी जरूर छूटी हुई है।

कई रोगी यह मानते हैं और मानना चाहते हैं कि वे मर रहे हैं, हालांकि सादा बुखार भी उनके हौंसले पस्त कर देता है। वे अपनी बीमार को बढ़ा सकते हैं, थोड़ी ज्यादा देर तक खांस सकते हैं। लंबी आहें भर सकते हैं और यह देख सकते हैं कि उन्हें कौन दिलासा देने आ रहा है। तबीयत खराब होने पर कोई लाड दिखाए तो अच्छा लगता है पर याद रखें कि आप कायनात से अपने लिए यही मांग रहे हैं। आकर्षण के नियम के अनुसार, आप जिस भी चीज पर केंद्रित होते हैं, उसका ही विस्तार होता है। आप अपने रोग पर ध्यान देते हैं तो वही पनपता है। इस तरह आप और आलस्य को अपनी ओर आकर्षित कर रहे हैं। सादे बुखार की बात अलग है पर, 'मैं ठीक नहीं' सिंड्रोम आपके लिए ऐसे रोगों का उपहार भी ला सकता है, जिनके बारे में आपने सोचा भी न हो।

युवराज और लीसा इसलिए ठीक हुए क्योंकि उन्हें पूरा भरोसा था कि वे भले-चंगे होंगे। उन्होंने इस सोच में समय नहीं लगाया कि वे गंभीर तौर पर कितने बीमार थे। युवराज जल्दी अपने प्रशंसकों के बीच मैदान में उतरे और लीसा फिर से अपने रैंप पर जलवे बिखेरने लगीं। उन्होंने वह सब किया, जो करना चाहिए था। अपना इलाज करवाया और अपनी बीमारी को मुंह तोड़ जवाब दिया।

कायनात की ओर से जवाब आया, 'जो चाहोगे, सो पाओगे।'

क्या कभी आपने ध्यान दिया कि अपनी खराब सेहत का रोना रोने वाले हमेशा बीमार रहते हैं? वे किसी न किसी बात पर भुनभुनाते रहते हैं। वहीं दूसरी ओर, कुछ लोग ऐसे भी होते हैं जो कभी बीमार नहीं होते। मिसाल के लिए गरीब लोग बीमारी का नाम तक नहीं लेते। उनके लिए बीमारी और डॉक्टर का मतलब है, खर्चा, जो वे करना नहीं चाहते। वे स्वयं को यकीन दिलाए रखते हैं कि उन्हें कुछ नहीं हुआ।

वे अक्सर अपने-आप को सही सिद्ध करते हैं। गरीब लोग हर साल बड़े-बड़े मेडिकल बिल भरे बिना भी, लंबी आयु पाते हैं। वे जीवन की कठोरताओं को सहन करते हुए, मेहनत से आजीविका कमाते हैं। वे ऐसा कैसे करते हैं? वे आकर्षण के नियम को इस बात का यकीन दिला देते हैं कि उनकी सेहत ठीक रहनी चाहिए ताकि वे अपने और अपने परिवार का पेट भरने के लिए स्वस्थ रह सकें।

वे अक्सर रोग को अनेदखा करते हैं। जब वे किसी चीज को मानते ही नहीं तो उसे अपनी ओर आकर्षित कैसे कर सकते हैं। आकर्षण का नियम कहता है कि आप जो चाहते हैं, वही पाते हैं, आप वह नहीं पाते, जो आप नहीं चाहते।

डॉक्टर अपने पास दवाईयों का ऐसा स्टॉक रखते हैं, जिसे वे प्लेसबो कहते हैं। ये कुछ और नहीं मीठी गोलियाँ हैं जिनसे कोई नुकसान नहीं होता। ये उन लोगों के लिए हैं जिन्हें लगता है कि उन्हें कोई परेशानी है या दवा के बिना उनका इलाज नहीं हो सकता। अक्सर फैमिली डॉक्टर यही फार्मूला अपनाते हैं। ज्यादातर सिरदर्द, पीठदर्द और बुखारों का इलाज इसी तरह हो जाता है। वे असली रोग नहीं होते। जब डॉक्टरों को इस बात का एहसास होता है तो वे प्लेसबो दवाई दे देते हैं और काल्पनिक रोग दूर हो जाता है। ऐसे रोगियों को लगता है कि उन्हें दवा से आराम आ जाता और उन्हें सही मायनों में आराम आ जाता है।

बहुत व्यस्त लोग कम बीमार होते हैं। आप उन्हें सिर या पेट दर्द या बुखार की शिकायत करते नहीं सुनेंगे। उनके पास इनके लिए समय नहीं होता। आकर्षण का नियम इसे सराहता है और कहता है, 'ठीक है, तुम अपनी नियति स्वयं रचो।'

क्या आपको पता है कि जिन लोगों की नजर कमजोर होती है, उनसे कहा जा रहा है कि वे अपनी आँखों को ठीक होने के लिए प्रोत्साहित करें। उन्हें बिना किसी सहायता के देखने को कहा जाता है। आपको यह मानना होगा कि आपकी नजर कमजोर नहीं है। अगर गलूकोमा, मोतियाबिंद या संक्रमण जैसी कोई परेशानी न हो तो केवल मन की शक्ति या सजगता से ही नजर की कमजोरी को दूर किया जा सकता है।

मन की शक्ति के नतीजों को देखने के बाद डॉक्टरों ने कहा है यदि वे अपने नुस्खे में प्रार्थना को शामिल कर सकते तो अवश्य करते। दवा तभी असर करती है, जब रोगी उससे सुधार चाहता है। यही वजह है कि अलग-अलग लोगों पर दवाईयों का अलग-अलग असर होता है।

डॉक्टर अक्सर उन रोगियों को मूर्ख बनाने के लिए प्लेसबो दवाईयों का इस्तेमाल करते हैं जो अपने मन की शक्ति को नहीं जानते। हालांकि, जो लोग सच में बीमार होते हैं, वे स्वयं को मन की शक्ति के बल पर प्राणघातक रोगों से भी मुक्त कर

लेते हैं। चिकित्सीय चमत्कारों के बहुत से किस्से मिलते हैं जो मन की शक्ति की पुष्टि करेंगे।

अगर आपने मृत्यु को निकट से जानने वालों के अनुभव सुने हों तो आप जान सकते हैं कि एक सुरंग उन्हें मौत के निकट ले जाती है। वे कहते हैं कि ऐसा लगता है मानो हम अंधेरे और रोशनी के बीच किसी लंबी सुरंग में नीचे गिरे जा रहे हों। इससे हमें जानकारी मिल सकती है कि हमारी अंतिम यात्रा कैसी होगी।

अब तक, हमने अपने मन की शक्ति को विकसित कर लिया है। हम यह भी जान गए हैं कि हम कुछ उपायों व सजगता से इसे पा सकते हैं। हममें से अधिकतर अपने भविष्य से डरते हैं। हमे अज्ञात का भय है। हमें जन्म से ही इसी तरह सुरक्षित भविष्य के बारे में जीना सिखाया गया है पर वर्तमान के बारे में कोई कुछ नहीं सिखाता। हमारे पास यही है। कहा गया है, 'बीता हुआ कल एक इतिहास है, आने वाला कल एक राज़ है, वर्तमान एक उपहार है। तभी तो इसे प्रेज़ेंट कहते हैं।'

आपको इस तरह जीना चाहिए मानो यह आपके जीवन का अंतिम दिन हो। हमें यह सुनने में भला तो लगता है पर व्यावहारिक नहीं लगता। भविष्य की चिंता में हम अपने सपनों को भुला देते हैं। हम काम करते हैं, कमाते हैं, आरामदायक जीवन जीते हैं पर हममें से अधिकतर अप्रसन्न रहते हैं।

मैं अपनी वर्कशॉप इग्नाइटिंग द स्पार्क के माध्यम से, लोगों को उस एक बात के लिए सजग करने की कोशिश करता हूँ जो उन्हें प्रसन्न कर सकती है। उन्हें प्रसन्नता के असली स्रोत तक जाने में सहायक हो सकता हूँ। अधिकतर लोग प्रसन्नता को गलत स्थान पर खोजते हैं। हम किसी दूसरे के सपने को अपने हाथों में ले कर उसे अपना बनाना चाहते हैं। हमें लगता है कि सभी डॉक्टर या इंजीनियर बन रहे हैं, हमें भी ऐसा ही करना चाहिए। मन की शक्ति आपको सिखाती है कि सपने हकीकत होते हैं और अगर आप आकर्षण के नियम का पालन करेंगे तो इन सपनों को साकार किया जा सकता है।

मैं आपको बताना चाहूँगा कि कोई भी सपना व्यर्थ नहीं है और कोई भी भय असली नहीं है। मैं सबसे पहले आपको अपने भीतर की ज्वलंत इच्छा के बारे में बताना चाहता हूँ, यदि इंसान में वह इच्छा हो, तो वह कोई भी काम कर सकता है।

मैंने पहले भी इसके बारे में बात की है। हम सभी जानते हैं कि यह क्या है। मुझे पूरा यकीन है कि आपमें से कुछ लोगों को अपनी इच्छा का पता भी होगा या आप उसके बारे में सोच रहे होंगे। पर हम उन्हें और ईंधन कैसे दे सकते हैं? हमें पूरी सजगता से इसके बारे में विचार करना होगा, अन्यथा यह एक कमजोर इच्छा बन कर रह जाएगी।

समय - समय पर, हम सभी अपने लिए कुछ न कुछ चाहते हैं। कभी-कभार, हमारी कुछ इच्छाएँ पूरी भी हो जाती हैं। कई बार पूरी नहीं भी होतीं। हमें अक्सर इन बातों से अंतर नहीं पड़ता। जब हम इन इच्छाओं पर सजग भाव से ध्यान लगाते हैं तो ये पूरी होने लगती हैं। हमें हर रोज इनके लिए ईंधन जुटाना होगा ताकि ये ज्वलंत अग्नि जलती रहे।

# 6

# अपनी इच्छाओं को
# कैसे बढ़ावा दें?

मैं सही मायनों में यह पुस्तक लिखने की इच्छा रखता था पर यह मेरे मन की ज्वलंत इच्छा नहीं थी क्योंकि मैं इसके लिए भरपूर ईंधन नहीं जुटा पा रहा था। मैंने इसके बारे में कई बार सोचा पर इसके अलावा और कुछ नहीं कर सका। 31 दिसंबर, 2012, मैं अगले वर्ष के लिए अपने लक्ष्य लिखने बैठा। मैंने अपनी डायरी में लिखा कि 31 दिसंबर 2013 को मैं कितना उत्साहित महसूस करूँगा, जब मेरे हाथों में मेरी नई पुस्तक होगी। दरअसल, मैंने अपना यह लक्ष्य नवंबर 2013 में ही पूरा कर लिया था और दिसंबर तक यह पाठकों के सामने थी। मेरी इच्छा ने साकार रूप ले लिया था।

अगर आप सही मायनों में अपनी इच्छाओं को बढ़ावा देना चाहें तो इसके लिए आपको कुछ शक्तिशाली उपाय सुझाए जा रहे हैं, जिनका मैंने भी प्रयोग किया। मुझे पूरा यकीन है कि यह पुस्तक का सबसे रोचक भाग है क्योंकि अधिकतर लोग इसी हिस्से पर आ कर चूक जाते हैं।

## सकारात्मक वाक्य
## (Affirmation)

आपने इस बारे में कई बार सुना होगा और आप सोच रहे होंगे कि इसके सही मायने क्या हो सकते हैं? इसका अर्थ है, सकारात्मक कथन जो किसी वांछित हालात को प्रकट करते हैं, इन्हें इतनी बार दोहराया जाता है कि ये अवचेतन मन में दर्ज हो जाते हैं और सकारात्मक नतीजे सामने लाते हैं।

आप ध्यान, धारणा, रुचि व इच्छा जैसे चार प्रमुख पक्षों के साथ इन्हें प्रभावी बना सकते हैं।

कल्पना करें कि आप फुटबॉल के मैदान में अपने खिलाड़ी साथियों के साथ दौड़ रहे हैं। वे दस राउंड लगा रहे हैं जो कि आपने कभी नहीं किया, पर आप उनका दिल जीतना चाहते हैं, उन्हें दिखाना चाहते हैं कि आप ऐसा कर सकते हैं। आप भागने लगते हैं और आप मन ही मन यह भी दोहराते जा रहे हैं? 'मैं ऐसा कर सकता हूँ, मैं ऐसा कर सकता हूँ।' आप न केवल ऐसा सोचते हैं बल्कि इस बात पर पूरा विश्वास भी करते हैं कि आप भी उनके जैसा प्रदर्शन कर सकते हैं। दरअसल ऐसा करते हुए आप स्वयं को सकारात्मक अभिकथन दे रहे हैं।

हममें से बहुत से लोग अक्सर अपने जीवन की घटनाओं और हालात के लिए नकारात्मक शब्दों का प्रयोग करते हैं और नतीजन अपने लिए ऐसे हालात पैदा कर लेते हैं जो वांछित नहीं होते। शब्द और वाक्य आपके लिए अच्छे और हानिकारक दोनों तरह के नतीजे पैदा कर सकते हैं। लोग अक्सर अपने दिमाग में नकारात्मक बातें दोहराते हैं और उन्हें यह पता नहीं चलता कि वे क्या कर रहे हैं। वे लगातार यही सोचते रहते हैं कि वे किसी काम को नहीं कर सकते, वे बहुत आलसी हैं, उनके अंदर ताकत नहीं है या वे असफल होने वाले हैं। उनका अवचेतन मन इन बातों को सच मान लेता है और धीरे-धीरे उनके जीवन में कई तरह की घटनाएँ और हालात सामने आने लगते हैं, भले ही वे उनकी अच्छाई के लिए हों या न हों। तो क्यों न हम अपने लिए सकारात्मक वाक्यों को चुनें?

ये अभिकथन इंसानों के लिए वैसे ही निर्देशों का काम करते हैं जैसे हम कंप्यूटर को स्क्रिप्ट देते हैं वे भी दिमाग को वैसे ही प्रोग्राम करते हैं जैसे कंप्यूटर को कमांड से

प्रोग्राम किया जाता है। शब्दों का दोहराव आपको अपने मन को लक्ष्य पर केंद्रित होने में सहायक होता है और आपके सजग मन में कुछ मानसिक छवियाँ तैयार हो जाती हैं जो आपके अवचेतन मन को प्रभावित करती हैं, ठीक इसी तरह मानसिक चित्रण काम करता है। सजग मन इस सिलसिले को चालू करता है और आगे का काम अवचेतन मन संभाल लेता है। अगर आप जान कर इस सिलसिले को आरंभ कर सकें तो आप अपने अवचेतन को प्रभावित करते हुए, अपनी आदतों, व्यवहार, रवैए व प्रतिक्रिया आदि में बदलाव लाते हुए, अपने जीवन को एक नया रूप और आकार दे सकते हैं।

नतीजे हमेशा एकदम सामने नहीं आते। कई बार इन्हें सामने आने में समय लगता हे। केंद्र, विश्वास तथा अभिकथनों को दोहराने में निवेश की गई भावनाएँ, आपकी इच्छा की ताकत और लक्ष्य का आकार ही तय करता है कि यह सब पूरा होने में कितना समय लगने वाला है।

सावधान रहें: भले ही आप सुबह कुछ मिनट तक सकारात्मक बातें दोहराते हों पर अगर आप बाकी बचे हुए दिन में लगातार नकारात्मक सोच रखेंगे तो यह सकारात्मकता अपना असर खो देगी। अगर आप नतीजे पाना चाहते हैं तो आपको तय करना होगा कि आप नकारात्मक बातें बिल्कुल नहीं सोचेंगे।

आपके सकारात्मक वाक्य छोटे होने चाहिए ताकि आपको उन्हें दोहराने में परेशानी न हो। बेहतर होगा कि इन्हें उस समय दोहराया जाए जब आप किसी और अहम काम में न उलझे हों जैसे बस या गाड़ी में यात्रा के दौरान, सैर के दौरान, किसी कतार में लगने के दौरान आदि। इन्हें दिन में कई बार दोहराने से आपको अपने लक्ष्य तक तेजी से जाने में मदद मिलेगी।

मानसिक और शारीरिक तौर पर शांत रहने से एकाग्रता मजबूत होती है। आपके कथनों में जितना विश्वास और भाव होंगे, आपके लिए नतीजे उतनी जल्दी सामने आएँगे। आप जो भी पाना चाहें, उसे पाने के लिए केवल सकारात्मक शब्दों का प्रयोग बहुत मायने रखता है। अगर आप वज़न घटाना चाहें तो वज़न घटाना है या मैं मोटी हूँ जैसी बातें सोचने की बजाए अपने छरहरी होने की कल्पना करें और ऐसे बातें न बोलें जो आपके मन में ऐसी छवियाँ पैदा करे, जो आप नहीं पाना चाहते।

आपको यह कहना चाहिए कि आप अपने आदर्श वज़न तक पहुँच गई हैं। इस तरह आपके मन में सकारात्मक छवि का विस्तार होगा।

आपके वाक्य हमेशा वर्तमान काल में होने चाहिए। इसे भविष्यकाल से न जोड़ें। 'मैं सफल होऊँगा' कहने का अर्थ है कि आप कभी भविष्य में सफल होने की इच्छा रखते हैं। 'मैं सफल हूँ।' यह कहना कहीं अधिक कारगर होगा। अवेचतन मन ओवरटाइम में काम करेगा ताकि आपकी इस इच्छा को साकार किया जा सके।

इन अभिकथनों की ताकत से आप अपने जीवन को सही मायनों में रूपांतरित कर सकते हैं। आप अपने जीवन से जो चाहते हैं, उसे दोहराने से आप उसे मानसिक और भावात्मक तौर पर देख सकते हैं, भले ही आपके हालात कोई भी क्यों न हों, इस तरह आप उसे अपने जीवन में आकर्षित कर सकते हैं। आपके लिए कुछ उदाहरण प्रस्तुत हैं:

- मैं पूरी तरह से फिट और सेहतमंद हूँ।
- मेरा जीवन पूरी तरह से भरपूर है।
- मैं दिन-प्रतिदिन संपन्न हो रहा हूँ।
- मेरा शरीर सही तरह से काम कर रहा है। मेरे पास भरपूर ऊर्जा है।
- मेरा मन शांत और सजग है।
- मैं सदा शांत भाव में रहता हूँ।
- मेरी सोच मेरे वश में है। मैं प्रेम और प्रसन्नता का प्रसार करता हूँ।
- मैं अपने सपनों के घर में रह रहा हूँ।
- मेरा अपने जीवनसाथी के साथ बहुत प्यारा और अद्भुत संबंध है।
- मेरे पास एक संतुष्टिदायक और अद्भुत नौकरी है। मैं अपने सभी प्रयासों में सफल हूँ।
- हर दिन, मेरा जीवन एक नई तरह से बेहतर होता जा रहा है।

## अब्राहम-हिक्स की तकनीक

यह तकनीक कहती है कि अगर हम पूरे दिन में तीन-चार बार अपने लक्ष्य की पूर्ति का विचार पूरे सत्रह सैकेंड तक बिना किसी दूसरे विचार के ला सकें तो यह हमारी सफलता के लिए बहुत सहायक हो सकता है। इसके बाद अब्राहम कहते हैं कि ये सत्रह सैकेंड पूरे दो हजार एक्शन घंटों के, सच्ची मंशा के चौंतीस सैकेंड बीस हजार एक्शन घंटों के और अगर इसे 68 सैकेंड में बदला जाए तो यह ऊर्जा कई गुना हो कर दो लाख एक्शन घंटों के बराबर हो सकती है। आपको यह संख्या सुन कर हैरानी होगी पर यह सच है और अक्सर लोग लगातार कुछ बातों पर काम किए बिना भी उन्हें अपनी ओर आकर्षित करते हैं।

17 सैकेंड ही क्यों? क्योंकि हम केवल 17 सैकेंड तक ही अपनी मंशा को पूरी तरह से एकाग्र रख पाते हैं। हममें से अधिकतर अपना एक वाक्य तक पूरा नहीं कर पाते और बीच में हमारी एकाग्रता भंग होती है और ऐसा दो सैकेंड के भीतर होता है। इस तरह हमारे लक्ष्यों को मिश्रित संदेश मिलते हैं और वे हमसे दूर होते चले जाते हैं। मिसाल के लिए हम कह सकते हैं, 'मैं इस नई कार को पाना चाहता हूँ, पर यह इतनी महँगी है कि मैं इसे नहीं ले सकता।'

अब्राहम के अनुसार अगर आप पूरे सत्रह सैकेंड तक किसी एक सोच पर टिके रहेंगे तो यह बहुत लाभदायक होगा क्योंकि इसके ठीक बाद आपके मन में दूसरी सोच पैदा हो जाती है। यह नई सोच पिछली सोच से कहीं ताकतवर होती है जो कि अब मिट चुकी है। आकर्षण के नियम के अनुसार, यह नई सोच कहीं ज्यादा ताकतवर होगी। अगर किसी वजह से यह पहली सोच के विपरीत या नकारात्मक हुई तो पहली सोच इसके आगे बेअसर हो जाएगी।

अब हम इस बारे में जानते हैं इसलिए हमें विशुद्ध सोच के पूरे चार सत्र रखते हुए यह देखना होगा कि हमारी सोच विपरीत न हो। अगर हम पूरे दिन में अपने लक्ष्य से जुड़ी सोच को 34 या 68 सैकेंड का समय भी दे सकें तो यह हमारे लिए बहुत फायदेमंद होगा।

तो इस एकाग्र सोच के 17 सैंकेंड कैसे पाए जा सकते हैं? हममें से ज्यादातर लोगों के लिए यह मुश्किल होगा कि हम पूरे 17 सैंकेंड किसी एक सोच के साथ बिताएँ। अगर आप इसे पूरे विस्तार के साथ लिख लें तो यह बेहतर होगा। अपने मन में एक

विस्तृत छवि तैयार करें। अगर आपकी सोच किसी नए घर के बारे में है तो मन ही मन उसकी कल्पना करें। आपका लिविंग रूम, सोने के कमरे, दीवारों का रंग, रसोई, बैठक, पर्दों का रंग और कपड़ा, फर्नीचर और उसे रखने की जगह वगैरह। हर चीज को विस्तार से देखें। इस तरह अपने चेतन और अवचेतन मन को इस पर पूरी तरह से केंद्रित कर सकते हैं। इस तरह आपको विशुद्ध एकाग्रता के साथ 17 सैकेंड मिल सकते हैं।

## मंत्रोच्चार की शक्ति को बढ़ावा दें (Incantation)

जब आप गुस्से में, डरे हुए, आनंदित, दुखी या प्रसन्न होते हैं तो आप क्या कर रहे हैं? आप उस समय मंत्रोच्चार का अभ्यास कर रहे हैं।

आप सोच रहे होंगे कि यह क्या होता है? इस शब्द का अर्थ है, 'कुछ शब्दों को लगाातार इस तरह दोहराना कि उनसे जादुई शक्ति पैदा की जा सके।' ऐसा तब होता है जब किसी एक सपने के बारे में आपकी भावनाएँ, कर्म, शब्द, भाव और विचार एक ही दिशा में प्रवाहित होते हैं।

जब आप पूरी भावना, भाव, एक्शन और उचित टोन के साथ किसी शब्द को दोहराते हैं तो इसके भीतर ऐसी शक्ति पैदा हो जाती है जो आपके जीवन में सभी बातों को तेजी से आकर्षित करती है क्योंकि इसी क्षण में पाँचों तत्व एक लय में होते हैं। इस समय आपकी आकर्षण शक्ति सबसे अधिक होती है। जब आप कुछ पाने की राह पर निकलते हैं तो उस समय आपका अपने पर पूरा नियंत्रण होना चाहिए। आपका शरीर, मन और आत्मा एक होने चाहिए। आप उस समय किसी दूसरे भाव के वश में न हों।

आपको बंदर पर्सनेलिटी (monkey personality) पाने से बचना चाहिए। इस पर्सनेलिटी का अर्थ होगा कि आप बाहरी हालात के लिए अपनी प्रतिक्रिया देते हैं - बाहरी हालात के लिए प्रतिक्रिया देना मंकी पर्सनेलिटी कहलाता है। वे चिंताजनक हालात से परेशान होते हैं, सहयोग न देने वाले साथियों के बीच कुढ़ते हैं, कुंठित हालात से नाराज होते हैं और असफलता से निरुत्साहित हो जाते हैं। एक तारीफ से उनका दिन बन जाता है पर अपने लिए निंदा का एक शब्द भी नहीं सुनना चाहते।

उन्होंने स्वयं को आसपास के हालात के लिए बंदर बना लिया है। उनके हाथों की डोरी दूसरे लोगों और हालात के हाथ में है - वे अपने जीवन को वश में नहीं रख सकते। ऐसे लोग किसी भी तरह से शक्तिशाली शब्दों के दोहराव से जादुई प्रभाव पैदा नहीं कर सकते। अगर आपको सत्रह सैकेंड के लिए भी किन्हीं शब्दों को दोहराना है तो उसके लिए भी आपको मानसिक शक्ति चाहिए और मंकी पर्सनेलिटी के पास यह ताकत नहीं होती। उनका मन हमेशा कहीं दूसरी ओर भटकता है और वे भावों को एकाग्र नहीं कर पाते। आपको अपने मन की दशा को संभालना होगा। भले ही बाहरी हालात जो भी हों, आपका मन सदा मग्न रहेगा। भावों की रौ में बह कर बाकी सब कुछ भूलने से कुछ नहीं होगा। गुस्सा करके अपने पर काबू नहीं रखेंगे तो यह आपके और आपकी सेहत के लिए नुकसानदायक हो सकता है।

अपवादित रूप से सफल लोग इस कला में माहिर होते हैं आपने मशहूर हस्तियों के बारे में सुना होगा, वे अचानक ही सामने नहीं आते। उन्हें अपने आपको संभालना आता है और वे इस कला में पूरी तरह से माहिर होते हैं, वे इसका अभ्यास करते हैं। उन्हें यह काम जबरन नहीं करना पड़ता। यह सब उनके भीतर सहज भाव से आता है।

*भावनाएँ + कर्म + शब्द + भाव + विचार = शब्दों का दोहराव*

भावनाएँ आपकी सोच का थर्मामीटर हैं। हमें यह समझना होगा कि ब्रह्माण्ड से सकारात्मक नतीजे पाने के लिए हमें सकारात्मक सोच के सिग्नल देने होंगे और नकारात्मक सोच हमारे सपनों की पूर्ति में सबसे बड़ी बाधा है। अब हम जानते हैं कि एक दिन में हमारे दिमाग में साठ हजार विचार गूँजते हैं। उन सभी का प्रबंधन करना कठिन है, हम अपनी भावनाओं को ध्यान में रख सकते हैं। अगर भावनाएँ अच्छी होंगी तो सोच भी सकारात्मक होगी। अगर आपकी भावनाएँ अच्छी न हुईं तो सोच का प्रवाह भी नकारात्मक ही होगा। इसका अर्थ हुआ कि आपको मूड को सुधारने के लिए झट से कुछ करना होगा। एक बार फिर सकारात्मक सिग्नल की बारंबारता की ओर लौटें और पटरी पर आ जाएँ।

सकारात्मक भावनाओं के माध्यम से सकारात्मक कर्म किए जा सकते हैं। सकारात्मक भाव और भाषा भी आपके लिए प्रसन्नता ला सकते हैं। जब आप इस ज़ोन में होते हैं तो आप ब्रह्माण्ड के साथ पूरी तरह से सामंजस्य में हैं। आपके सिग्नल पूरी तरह से मजबूत हैं और ब्रह्माण्ड कहता है, 'आपकी इच्छा मेरे लिए आदेश के समान है।'

## मानसिक चित्रण की शक्ति (Visualization)

मानसिक चित्रण अपने-आप में बहुत ताकतवर माना गया है और अगर इसे पूरे समर्पण भाव से किया जाए तो यह हमारे लिए बेहतरीन नतीजे ला सकता है।

अगर आप ऐसी कोई महंगी कार पाना चाहते हैं जिसे आपने हाल ही में सड़कों पर देखा हो तो उसका मानसिक चित्रण करें। ताज़ा पत्रिकाओं और समाचार पत्रों से उसके बारे में सारी जानकारी जमा करें। उसकी इंटरनेट पर खोज करें। अगर संभव हो तो शो-रूम में जा कर कार में बैठें। उसकी टेस्ट ड्राईव करें। उसे महसूस करें। उसके बारे में इतना सोचें कि अपनी पुरानी कार चलाते हुए भी आपको ऐसा ही लगे कि आप उस नई कार को चला रहे हैं। आपको उसे अपने रोजमर्रा के जीवन का हिस्सा बनाना होगा। इस बारे में सहज रहें। हमेशा उसके बारे में विचार करें। आपकी इच्छा अवश्य पूरी होगी।

बहुत से लोगों ने इस बारे में सुना होगा और कुछ हद तक इसे आजमाया भी होगा। हालांकि तत्काल नतीजे न मिलने पर उसे मायूस हो कर बीच में ही छोड़ दिया होगा। यहाँ मानसिक चित्रण को साकार करने के लिए आपको कुछ टिप्स दिए जा रहे हैं:

- ब्रह्माण्ड के पास समय का कोई विचार नहीं है। इसे तो मनुष्य ने दिन व रात को जानने और अपनी आयु का अनुमान लगाने के लिए बनाया है। आप ब्रह्माण्ड से यह अपेक्षा नहीं कर सकते कि वह एक माह या साल के अंदर आपको अपना मनपसंद घर या कार देगा। वह आपकी भावनाओं और इच्छाओं की बारंबारता के अनुसार ही नतीजे देता है। अगर आपकी इच्छा और बारंबारता में कमी होगी तो इच्छा पूरी होने में उतना ही अधिक समय लगेगा यानी नतीजे देर से सामने आएँगे। ब्रह्माण्ड से यह न पूछें कि वह आपके सपने को पूरा करने में कितना समय लेगा। अपने नतीजे सामने आने तक मानसिक चित्रण करना जारी रखें। आप अपने दिल की जितनी सुनेंगे, उतनी जल्दी नतीजे सामने आएँगे।

- केवल मानसिक चित्रण करना ही काफी नहीं है। आपको इस काम को पूरी खुशी से निभाना होगा। इसके बारे में सोच कर आपके रोंगटे खड़े

होने चाहिए। आपके चेहरे की मुस्कान खिलनी चाहिए और आपको देख कर ऐसा लगना चाहिए कि आपकी इच्छा पूरी हो गई है। आपकी सांसों का ढांचा ऐसा ही होना चाहिए जो अक्सर कुछ मनचाहा पूरा होने के बाद होता है। आप अपने मन को मूर्ख नहीं बना सकते। अगर आप किसी बात को अपने मन से महसूस नहीं कर रहे तो आपका मन कभी उसके लिए हामी नहीं देगा। भावनाओं को अपने मानसिक चित्रण का सबसे अहम हिस्सा जानें। आपकी मानसिक अवस्था वही होनी चाहिए जो मनचाही चीज मिलने पर होगी। अगर विचारों और भावनाओं की मौजूदा बारंबारता, वांछित बारंबारता से मेल खाती होगी तो यह आकर्षण और भी तेज गति से संपन्न होगा।

- अगर आप अपने माता-पिता और दोस्तों से कुछ पाना चाहते हों और उनसे इस बारे में कह दें। वे आपको उस काम के लिए हामी भर दें पर फिर भी आप उन्हें बार-बार उसी काम की याद दिलाते रहें तो वे खीझ जाएँगे और उन्हें लगेगा कि आपको उन पर भरोसा नहीं है। इस तरह उनके लिए आपका बर्ताव नकारात्मक हो जाएगा। इसी तरह आप सारा दिन मानसिक चित्रण नहीं कर सकते। अगर आपने ऐसा किया तो ऐसा लगेगा मानो आपने इसे जकड़ रखा हो। इस तरह यह विचार मुक्त भाव से ब्रह्माण्ड में नहीं जा सकेगा। इस तरह ब्रह्माण्ड को यह संदेश मिलेगा कि आपको उसकी योग्यता पर भरोसा नहीं है। इस तरह आपकी इच्छा के साकार होने की प्रक्रिया बहुत धीमी हो जाएगी। बेहतर होगा कि आप दिन में दो बार मानसिक चित्रण करें। जब एक बार मानसिक चित्रण हो जाए तो उसे दिमाग से निकाल दें।

- यह मानसिक चित्रण प्यार से किया जाना चाहिए। ऐसा करने के दौरान अपने मन को जबरन काबू करने की कोशिश न करें। इन्हें सहज भाव से इनकी अपनी गति से चलने दें। यह याद रखें कि मन को बलप्रयोग नहीं भाता। जबरन कोई छवि न रचें। आपके मन में जो भी आसानी से आए, उसे ही खुशी से स्वीकारें। प्रवाह को निर्देशित करें पर नियंत्रित न करें। आपका मन आपकी सोच से कहीं ज्यादा समझदार है, इस पर भरोसा करें ताकि यह अपनी शक्तियों के साथ आपके सामने प्रकट हो सके।

## बहुत मायूस न हों
## (Stop Being So Desperate!)

कुछ समय पहले की बात है। मेरी एक वर्कशॉप में एक लड़की ने कहा, 'सर! मैं कई बार कुछ पाना चाहती हूँ और उसे पाने के लिए कड़ी मेहनत भी करती हूँ। वह मेरी ज्वलंत इच्छा होती है और उसे पूरा करने के लिए मैं कोई कसर नहीं छोड़ती पर फिर भी यह कारगर नहीं हो पाता, ऐसा क्यों होता है?'

मेरा जवाब सुन कर वह दंग रह गई, मैंने कहा, 'तुम जिसे ज्वलंत इच्छा कहती हो, उसे मैं तुम्हारी मायूसी कहता हूँ।'

मैंने उसे बताया कि जब हम कुछ पाने के लिए बहुत बेचैन होते हैं तो हमारे पास खुशी नहीं होती और अपना मनचाहा पाने के लिए खुश रहना पहली शर्त है। जब आप गहरी नाराजगी के साथ अपने लक्ष्य की ओर बढ़ते हैं तो किसे अपनी ओर आकर्षित करेंगे? आप नाराज होने की और वजहें आकर्षित कर रहे हैं। यही वजह है कि आपकी इच्छा पूरी नहीं होती या उसे पूरा होने में बहुत ज्यादा समय लग जाता है।

ज्यादातर लोग पूरे प्रयत्न और ऊर्जा को लगाने के बाद भी अपना मनचाहा नहीं पाते। दरअसल वे प्रसन्न नहीं होते और अपनी ओर से किए जा रहे काम के लिए प्रसन्नता और उत्साह को अनुभव नहीं कर पाते। वे यांत्रिक तौर पर कामों को करते हुए नतीजे पाने के लिए व्याकुल रहते हैं। यह एक नकारात्मक अवस्था है जिसकी बारंबारता बहुत कम होती है। मानो आप जेब में पचास रूपए ले कर, हजार रूपए की कोई चीज लेना चाह रहे हों।

आपने अक्सर देखा होगा कि लोगों को वह चीज नहीं मिल पाती, जिसे वे पाना चाहते हों या जब उन्हें जरूरत हो जैसे नौकरी न होने की दशा में लाख चाहने पर भी कहीं काम नहीं मिलता और जब कहीं नौकरी लग जाती है तो उस दौरान दूसरी नौकरियों के प्रस्ताव भी आ सकते हैं। क्या आपको कभी ऐसा एहसास हुआ या आपको भी ऐसे प्रस्ताव मिले? आपके मन की गहरी इच्छा और बेचैनी के बीच बहुत ज्यादा अंतर नहीं है। अगर आपको इसका एहसास है तो आप ऐसा चुंबक होंगे जो हर चीज को आसानी से अपनी ओर खींच सकता है।

प्रसन्न रहें और सहज भाव से लक्ष्य की ओर बढ़ें। इस सिलसिले का पूरा आनंद लें। अगर आप इसका आनंद ले रहे हैं तो मंज़िल इतने मायने नहीं रखती।

## कुछ अधिक पाने के लिए कुछ छोड़ना होगा (Let Go to Get More)

कृष्ण जन्माष्टमी के मौके पर मैं दही हांडी का कार्यक्रम देखने गया था। इसके दौरान एक इंसानी पिरामिड बनाया जाता है और सबसे ऊपर रहने वाला व्यक्ति हांडी को लपकने का प्रयास करता है जिसमें दही और मक्खन भरा रहता है। उसे देखते हुए मुझे एहसास हुआ कि ऊपर जाने वाले इंसान को गिरने का भय छोड़ कर जाना पड़ता होगा। अगर आप इस भय से मुक्त नहीं होंगे तो कभी वहाँ तक नहीं जा सकेंगे। कुछ पाने के लिए कुछ छोड़ना होगा।

कुछ भी साकार होने का सिलसिला भी तेजी से घटेगा जब आप कुछ छोड़ने का साहस रखेंगे। आपको अतीत के बैर, चुनौतियों, प्रोग्रामिंग और नतीजों से मुक्त हो कर बेहतर भविष्य की ओर जाना होगा।

एक ओर, हो सकता है कि आपके मन में कुछ पाने की गहरी इच्छा हो, दूसरी ओर छोटी-छोटी बातें आपको अपनी इच्छा को पूरा न करने दे रही हों। मानो आप मर्सीडीज बेंज चलाना चाहते हैं पर अपने पुराने बजाज चेतक स्कूटर में उलझ कर रह गए हों।

हम आपको कुछ ऐसे शक्तिशाली उपाय दे रहे हैं जो आपको अपने अतीत और गैरजरूरी बातों से उबरने और बेहतर व अहम चीजों पर केंद्रित होने में सहायक होंगे:

- **ध्यान:** आप ध्यान की मदद से अपने आप को स्थिर और शांत कर सकते हैं। हम अपने मन की तुलना में शरीर को आसानी से शांत कर सकते हैं। हमारा जीवन बाहरी कोलाहल में बुरी तरह से घिरा हुआ है। जबकि सारी स्पष्टता अपने भीतर से आती है। अपने भीतर गहराई तक जाना ही तो ध्यान है।

- **आपसी समझ:** किसी चीज की परख न करें। अपने अतीत का आकलन भी इस तरह करें मानो आप अपने-आप से अलग कोई तीसरा इंसान हैं। केवल ध्यान दें। आपको यह एहसास होना चाहिए कि आप अपना अतीत नहीं हैं। आपको यह भी समझ आना चाहिए कि आपके अनुभव आपके जीवन के हालात और लोगों ने गढ़े थे और वे अनुभव आप नहीं हैं, न ही उन्होंने आपको रचा है। अपने अतीत को जानने और समझने से आपको आपने आत्म-विनाशक बर्ताव के ढांचे को समझने में मदद मिलेगी। समझ से जागरूकता आती है जागरूकता आपको चक्र तोड़ने में मदद करती है।

- **स्वीकृति:** अपने अतीत, उससे जुड़े लोग, उससे जुड़े हालात आदि को जानें और मानें। किसी भी चीज को छोड़ने और स्वयं को मुक्त करने के लिए स्वीकृति ही पहला कदम है।

- **अपना प्याला खाली रखें:** इस तरह आपको नए अनुभवों, हालातों और नए नजरिए के लिए स्थान मिलेगा। अपने अनुभवों, परख, आदर्शों और भौतिक संपत्तियों को अपनी इच्छा से छोड़ने के लिए तैयार रखें क्योंकि इनका कोई असली मोल नहीं है। यह एक मिथ है कि ये चीजें आपको कहीं ताकतवर, सेहतमंद या बलशाली बनाती हैं। कौन, कब, क्यों, कैसे और कहाँ जैसी बातों से जुड़ी अपेक्षाओं का त्याग करें, यही आपको अपने सहज भाव से दूर करती हैं। यह सब छोड़ने के बाद आपके जीवन को एक उद्देश्य मिल जाएगा।

- **संरेखण:** क्या आप जानते हैं कि जीवन में आपके मूल्य, उद्देश्य, लक्ष्य और उन्हें पाने की योजना क्या है? अगर नहीं जानते तो इस बारे में सोचें और उन्हें कहीं लिख लें। जब यह काम हो जाए तो अपने नैतिक मूल्यों को एक नज़र फिर से देखें और तय करें कि क्या वे आपके एक्शन प्लान से मेल खाते हैं? या समय आ गया है कि आप अपने लिए नए मूल्य, विश्वास, लक्ष्य या एक्शन प्लान तैयार करें? जो भी नए एक्शन इस दौरान शामिल करना चाहें, उन्हें भी वहीं लिख दें।

- **लोच:** जब आप लक्ष्यों की दिशा में काम कर रहे हों तो यह नतीजे से अनासक्त रहना थोड़ा अजीब लगता है। कई जगह पर लोच बहुत मायने रखती है जैसे नतीजे के मोह से दूर रहना। लोच को अपनाना सीखें, योजना को अपने अनुसार प्रवाहित होने दें क्योंकि इसी प्रवाह के दौरान आपको जीने के लिए अनेक अवसर मिलेंगे।

- **देना:** पिछली घटनाओं और अनुभवों से कई जगह हमारे दिल को ठेस लगी होगी। जब भी ऐसे हालात सामने हों तो किसी दूसरे को अपनी ओर से कुछ देने की कोशिश करें। किसी को देख कर मुस्कुराएँ, किसी के लिए आगे आ कर दरवाजा खोलें, किसी अपाहिज बालक को चंदा दें किसी भूखे को भोजन दें - इन छोटे कामों का आपके जीवन पर गहरा प्रभाव होगा। दूसरों के लिए भलाई की बात सोचने से आपको अपने भीतर तक जुड़ने में आसानी होगी।

- **स्वयं पर रखें भरोसा**: आपको अपने अस्तित्व और उद्देश्य पर भरोसा होना चाहिए आपको भरोसा होना चाहिए कि ब्रह्माण्ड आपके सामने वह सब ला रहा है जो आपको मिलना चाहिए और आपके लिए एक दैवीय योजना पहले से तय हो चुकी है। आपको उसके अनुसार ही काम करना है।

- **जीवन से करें प्रेम:** हमेशा खुश रहें। जीवन का आनंद लें। खुशी और सकारात्मकता से भरपूर खिलाड़ी बने रहें। सकरात्मकता का साथ न छोड़ें। अपने-आप और दूसरों से प्रेम करें। यह जीवन एक उपहार है और आपको इसे प्रतिदिन उत्सुक दृष्टि से देखना और खोलना आना चाहिए।

- **आभार और अपने प्रति ईमानदारी**: इन निर्देशों का पालन करते हुए, अपने जीवन में मिले वरदानों के लिए आभार प्रकट करें। अपने प्रति सदा सच्चे बने रहें, यह बहुत मायने रखता है।

# देने पर हों केंद्रित
## (Focus on Giving)

आप देंगे तो निश्चित तौर पर पाएँगे। जब आप छोटे थे, तब आपने भी सुना होगा कि जब आप दूसरों को जितना देते हैं, उससे कहीं अधिक पाते हैं। जब आप देते हैं तो आप अपने लिए अनपेक्षित की अपेक्षा कर सकते हैं।

जब मैं सिमेंटक में काम करता था तो मैंने अक्सर अपनी सीट पर बैठने से पहले सबसे मिलने की एक आदत सी बना ली थी। मैंने संगठन में काम करने के दौरान यह आदत बरकरार रखी। अक्सर दूसरों से हाथ मिलाते हुए, मेरा सामना एक सहकर्मी एमी से होता। वह एक अच्छा लड़का था और दूसरों से अच्छी तरह पेश आता था पर मैं यह कभी नहीं समझ सका कि वह मेरे साथ क्यों नहीं खुलता था। वह मेरे हाथ मिलाने के दौरान कभी जवाब नहीं देता था और न ही नजरें मिलाता था। उसकी उपेक्षा के बावजूद मैंने उससे हाथ मिलाना जारी रखा। हम चौदह माह तक एक साथ काम करते रहे पर उसका रवैया नहीं बदला।

फिर मुझे उस विभाग से दूसरी जगह भेजा गया। मेरे कार्यालय का स्थान भी बदल रहा था। ऑफिस के आखिरी दिन एमी खुद मेरे पास आया और बोला कि वह मुझसे बात करना चाहता था। मैं हैरान रह गया। हम बाहर गए तो उसने कहा, 'भूपेंद्र, मैंने कभी तुमसे बात नहीं की और तुम्हारे साथ वैसे पेश नहीं आया जैसे आना चाहिए था। क्या तुम इसकी वजह जानना चाहते हो?'

मैंने कहा, 'नहीं, मैं नहीं जानना चाहता।'

उसने कहा, 'इसकी वजह यह थी कि मुझे यह पसंद नहीं कि दूसरे राज्यों से आने वाले लोग हमारे लोगों की नौकरियों पर कब्जा कर लें। ये लोग दूसरे राज्यों से आ कर हमारा मजाक उड़ाते हैं। हमारी संस्कृति और परंपरा का मान नहीं करते। वे हमारे मूल्यों की कद्र नहीं करते। यही वजह थी कि मेरे मन में तुम्हारे लिए भी बैर था पर आज मैं कहना चाहूँगा कि तुमने मेरा दिल जीत लिया।

हमारे महाराष्ट्र राज्य को तुम्हारे जैसे लोग ही चाहिए। अगर कभी जरूरत हो तो मुझे याद करना। हमेशा पुणे में रहना। भूपेंद्र, हमें तुम्हारी जरूरत है।'

एमी की ओर से मिला यह उपहार अनमोल था। मैं आज तक नहीं जानता कि मैंने उसका दिल कैसे जीता। उससे लगातार हाथ मिलाने के सिवा तो मैंने कुछ भी ऐसा नहीं किया था जिसने उसका मन बदल दिया हो। शायद सहज भाव से रोज हाथ मिलाना ही उसे भा गया हो। इससे देने की ताकत का पता चलता है।

अगर आप किसी को कुछ देते हैं तो निश्चित तौर पर किसी दूसरे रूप में पाते हैं। आप जितना अधिक देते हैं, उतना ही अधिक पाते हैं। इस तरह यह कायनात एक संतुलन बनाए रखती है। इसमें कभी असंतुलन आ ही नहीं सकता। मैं आपको इन अभ्यासों को अपनाने की सिफारिश करूँगा जो आपके जीवन में सब कुछ पाने के द्वार खोल देंगे।

- पूरी ईमानदारी से दूसरों को यथासंभव सराहना सीखें। झूठी तारीफ न करें। आपकी प्रशंसा में ईमानदारी होनी चाहिए।

- जीवन में सामने आने वाले हर हालात और इंसान का सामना मुस्कान के साथ करें।

- दूसरों या अपने बारे में और परिस्थितियों के बारे में बात करते हुए हल्के या कम ऊर्जा से भरे शब्दों का प्रयोग न करें। याद रखें, आपके संप्रेषण की गुणवत्ता ही आपके जीवन की गुणवत्ता तय होती है।

- जरूरतमंद लोगों की मदद करें।

- शांत रहें और कुछ भी कहने से पहले सोचें।

- अगर आपने किसी को कुछ देने की सोची है तो ऐसा पूरी खुशी से करें।

- धन्यवाद, कृपया और क्षमा करें; इन तीन सुनहरे शब्दों का प्रयोग करना न भूलें।

- अतीत को भूलें और क्षमा करें। आगे बढ़ें।

इसी क्षण से लोगों को सराहना आरंभ करें। उनकी प्रसन्नता का कारण बनें। किसी बेघर को भोजन दें। यथासंभव दें और आप दौलतमंद हो सकते हैं।

## एक विज़न बोर्ड तैयार करें

कार्पोरेट जगत में अक्सर मेरी भेंट ऐसे लोगों से होती है, जो अपने कार्यस्थल पर, अपने सपनों को बुलेटिन बोर्ड पर लिख देते हैं या उनसे जुड़ी तस्वीरें लगा देते हैं। यह उनकी नई गाड़ी, नए घर, अगली प्रमोशन, किसी भूली हुई रुचि व अवकाश से भी जुड़ा हो सकता है। इन्हें विज़न बोर्ड कहते हैं। आपको इसे ऐसी जगह लगाना चाहिए जहाँ से आप आसानी से, नियमित तौर पर इसे देख सकें। इस पर अपने लक्ष्यों की तस्वीरें भी लगा दें। आपको सारा दिन इसके बारे में सोचने की जरूरत नहीं है पर जब सुबह आंख खुले या रात को सोने जाएँ, तो इसे एक बार अवश्य देखें। इसे अपने भीतर पनपने दें।

मुझे अपने काम के सिलसिले में अक्सर कई तरह के संगठनों व कंपनियों में जाने का अवसर मिलता है। कुछ जगह जा कर कुछ ऐसा ही नजारा देखने को मिलता है और मन प्रसन्न हो जाता है। सिमेंटक में काम करते हुए, मुझे याद है कि ग्राहक संतुष्टि सर्वे स्कोर अस्सी प्रतिशत के करीब था और फिर उन्होंने उसे पचासी प्रतिशत कर दिया। लोगों को अस्सी प्रतिशत तक करना कितना कठिन लगता था पर फिर उन्होंने उसे पचासी प्रतिशत कर दिया। भले ही लक्ष्य वास्तविक नहीं लगता था पर नेतृत्व टीम को अपने पर भरोसा था और उन्होंने हर जगह इसी आश्य के स्टिकर लगा दिए। हैरानी की बात यह रही कि कंपनी ने तीन माह से भी कम समय में उस लक्ष्य को पा लिया।

अगले वर्ष, कंपनी ने अपने लक्ष्य को नब्बे प्रतिशत कर दिया। फिर से वही कहानी दोहराई गई और सभी उसे सफलतापूर्वक अपनाने का लक्ष्य पूरा कर सके।

कई लोग मेरी वर्कशॉप में हिस्सा लेने के बाद मेरे पास आ कर कहते हैं कि जब उन्होंने विज़न बोर्ड बना लिया तो उसके बाद जाने उनकी कितनी इच्छाएँ साकार रूप में सामने आईं जबकि वे उन पर निरंतर काम भी नहीं कर रहे थे। तो यह तरीका कारगर है।

अगर आपके सपने तो बड़े हैं पर आपके पास आशा और विश्वास नहीं हैं, तो विज़न बोर्ड आपको केंद्रित होने में मदद कर सकता है। आप किस इंतज़ार में हैं? चार्ट पेपर का टुकड़ा लें और उन छवियों को चिपका दें जो आपके सपने को

प्रतिबिंबित करती हैं। अपनी सफलता का ब्ल्यूप्रिंट स्वयं रचें। ऐसा करने में देर न करें - कायनात को गति से प्रेम है।

## पीड़ा व आनंद का नियम (Principle of Pain and Pleasure)

अक्सर मनुष्य पीड़ा व आनंद के नियम का भी पालन करता है। हर क्रिया के पीछे कोई न कोई सिद्धांत अवश्य होता है। हम आने वाले समय के आनंद की प्रत्याशा में हर प्रकार के पीड़ा व आनंद से गुज़रते हैं। यह एक शक्तिशाली अवधारणा है और आईआईबीएसआर ने, लोगों के जीवन पर इसके विस्तृत अध्ययन को जानने के बाद, इस पर थोड़ा अतिरिक्त शोध किया।

कुछ माह पूर्व, एक सत्र के बाद, एक लड़की मुझसे ऑटोग्राफ लेने आई। उसने हिंदी में कहा कि उसे मेरा सत्र बहुत ही प्रेरक और प्रोत्साहनपूर्ण लगा। उसने यह भी कहा कि वह बहुत बड़े सपने रखती है और मेरा सत्र सुनने के बाद उसे लगा कि वह उन सब सपनों को पूरा करने की ताकत रखती है। अंग्रेजी भाषा का ज्ञान न होना ही उसके लिए बड़ी बाधा बना हुआ था। उसने अपने सपने को पूरा करने के लिए इसे जानना जरूरी था और उसे यह भाषा नहीं आती थी।

-'पर आपको सुनने के बाद मैंने जाना कि मैं कर सकती हूँ। मै कुछ भी कर सकती हूँ। पर केवल इतना जानना चाहती हूँ कि इसे कैसे संभव कर सकते हैं। भाषा कठिन है और मेरी आयु चौबीस वर्ष है। क्या मुझे इसे सीखने और बोलने में अगले चौबीस वर्ष लगने वाले हैं? मैंने इसे सीखना चाहा पर यह बहुत कठिन है। यह मेरी मातृभाषा नहीं है। मुझे दूसरे काम भी रहते हैं इसलिए पर्याप्त समय नहीं निकाल सकती।

मैंने उसे कहा कि वह वहीं बैठ कर ऐसी दस बातें लिखे जिसकी वजह से उसे भाषा सीखने में परेशानी हो रही है। और इसके बाद उसे ऐसे दस आनंद लिखने को कहा, जो उसे अंग्रेजी बोलने से मिलेंगे। मैंने उसे यह भी कहा कि वह उस पीड़ा को भी लिखे कि अगर उसने वह भाषा नहीं सीखी तो उसे आजीवन कितना कष्ट सहना होगा। मैंने उसे कहा कि उसे सोच-समझ कर अपनी बातें लिखनी होंगी। मैंने उसे लिखने के लिए भरपूर समय भी दिया।

लगभग एक घंटे बाद उसके पास वे बीस प्वाईंट तैयार थे। फिर हमने विस्तार से उन पर चर्चा की। हमने देखा कि उसे भाषा सीखने में दिक्कत क्यों हो रही थी। हमने यह देखा कि भाषा सीखने के बाद उसे कितना लाभ हो सकता था। हमने भाषा सीखने की राह में आने वाली बाधाओं पर भी चर्चा की जैसे समय और धन, नई बोली सीखने में दिक्कत, खासतौर पर जब मस्तिष्क और मुख को नई ध्वनियों के उच्चारण के लिए प्रशिक्षण देना पड़ता है।

मैंने उससे कहा, 'तुम्हारे भीतर आसानी से यह बात आ सकती है कि कदम पीछे हटा लो क्योंकि यह सबसे आसान विकल्प होता है परंतु यह याद रखो कि सब कुछ छोड़ने से, आपको तत्काल पीड़ा से मुक्ति मिलेगी परंतु आप आजीवन पीड़ित रहोगे। जब आप इस थोड़ी सी पीड़ा को सहन कर लोगे तो आने वाले आनंद की कल्पना की जा सकती है।'

एक माह बाद वह मुझे धन्यवाद देने आई। उसने अपनी बात कहने के लिए हिंदी या मराठी का एक भी शब्द नहीं कहा। बेशक अंग्रेजी बोलने में कुछ भूल हो रही थी पर फिर भी वह दुनिया को बताने से हिचक नहीं रही थी कि वह भाषा को बोलने का प्रयत्न कर रही है। मुझे उसे इस रूप में देख कर बहुत अच्छा लगा। आज मैं अपने कई सत्रों में उसकी कहानी को उदाहरण के तौर पर प्रस्तुत करता हूँ। अब वह त्रुटिहीन अंग्रेजी बोलती है और उसके सपने साकार होने की राह पर अग्रसर हैं।

उसने यह सब कैसे पाया? जब उसने इस काम से जुड़े पीड़ा और आनंद का आकलन किया तो भीतर ही भीतर उसका मन आनंद को पाने के लिए तड़प उठा। हम रोज सुबह भले ही कितनी देर से क्यों न उठें पर अगर हमें कोई अहम परीक्षा देनी हो, विमान या गाड़ी पकड़नी हो तो हमें उठने में देर नहीं होती। नींद में भी, हमारा अवचेतन मन अपने गुणा-भाग में लगा रहता है। हर इंसान अपनी सहज प्रवृत्ति से चलता है पर तकरीबन लोगों को इसके बारे में पता नहीं होता। अगर हम सजग तौर पर इसे प्रयोग में ला सकें तो हमारे लिए सब कुछ कितना आसान होगा।

अगर आप उन लोगों की बात करें जो सदा फिट और सुंदर दिखते हैं तो आपको एहसास होगा कि वे गैर सेहतमंद भोजन से न केवल दूर रहते हैं बल्कि उससे नफरत भी करते हैं। उन्हें वसायुक्त मांस और तेल में डूबे, तले हुए आलुओं से एलर्जी होती

है। वे इनके बदले में लंच में सलाद लेना पसंद करेंगे या आपको बताएँगे कि डिनर में सेब खाने से भी उन्हें बहुत पोषण मिल जाता है।

उन्होंने मन ही पीड़ा व आनंद का सफल विश्लेषण कर लिया है। उनका मन उसके अनुसार ही उन्हें काम को करने या न करने के संकेत देता है। वे स्वयं उन चीजों से दूर छिटक जाते हैं जो उन्हें पीड़ा दे सकती हैं और वे उन्हीं चीजों को अपनाते हैं, जो उनके लिए आनंद का स्रोत हैं। लोग अक्सर अनजाने में ऐसे अनुमान और गणना करते हैं और इसके प्रभावों से अनजान रह जाते हैं। हम केवल अल्पकालीन लाभों में उलझ कर रह जाते हैं। हमें बड़ी तस्वीर देखना नहीं आता इसलिए हमारे सपने भी पूरे नहीं होते।

मैंने अभी बताया कि जो लोग बेहद सुंदर होते हैं वे ब्रह्माण्ड के साथ पूरी तरह एकात्म भाव रखते हैं। बहुत से लोग अच्छा दिखना चाहते हैं पर कुछ नहीं कर पाते। साठ साल की आयु में आरामकुर्सी पर बैठ कर तोंद को झुलाते हुए बस यही सोचते रह जाते हैं कि उनके जीवन से वर्ष कहाँ गए जब वे अपने प्रिय फिल्म स्टार जैसा दिखना चाहता थे। उन्हें यह जान कर हैरानी होती है कि प्रिय स्टार अब भी वैसा ही दिखता है और वे उसके पिता या मां समान दिखने लगे हैं। उनके दिन में वह 'एक दिन' कभी नहीं आता, जब वे कुछ करना चाहें।

दरअसल उनकी सोच और इच्छा का कभी मेल नहीं हुआ। उनकी सोच को सही एक्शन, भाव या विचारों का समर्थन नहीं मिला। वे अपनी डाइट में अस्थायी बदलाव और दिनचर्या की कसरत को स्वीकार नहीं कर सके। भले ही प्रिय स्टार की कल्पना करते रहें हों पर अपने संकल्प को उसी जोश और लगन से कभी पूरा नहीं निभा सके।

उन्होंने नए कपड़े और जूते लिए, जिम में गए, सुबह जल्दी भी उठे पर धीरे-धीरे सारा जोश हवा हो गया। सुबह उठना एक भयानक सपना लगने लगा। जिम में जाना आफत लगने लगा और उन्हें आनंद व पीड़ा की गणना करनी नहीं आती थी। वे अस्थायी पीड़ा से इतना डर गए कि आजीवन मिलने वाले आनंद को खुद से दूर धकेल दिया।

यह उनके हिसाब-किताब की बड़ी भूल थी।

यह न भूलें कि अवचेतन मन अब भी हिसाब-किताब कर रहा है क्योंकि यह एक कुदरती प्रक्रिया है। ऐसे लोग अक्सर खुद को समझा कर दो दिन का ब्रेक लेते हैं और फिर वे दो दिन, चार, पंद्रह और बीस दिन में बदल जाते हैं। फिर वे भूल जाते हैं कि उन्होंने कोई वादा किया था। बीस साल बाद, अचानक उन्हें अपनी उस गलती का एहसास होता है तो उन्हें बहुत दुख होता है।

एक बार मुझे यात्रा के दौरान किसी ऐसे इंसान से मिलने का अवसर मिला जो मेरे किसी वर्कशॉप में हिस्सा ले चुका था। वह बहुत ही आकर्षक व्यक्तित्व, सुंदर देहयष्टि का स्वामी था। मैंने उससे उसकी फिटनेस का राज पूछा। उसने जो बताया, उसने मुझे हैरत में डाल दिया।

उसने कहा, 'सर, एक समय था, जब मैं बहुत दुबला था। मेरी एक सहपाठी थी। मैं उसे पसंद करने के बावजूद कभी उससे अपने दिल की बात नहीं कह सका। मुझे अक्सर यही लगता था कि मैं उसके लायक नहीं था। बहुत से लोग मेरे दुबलेपन पर ताने कसते और मुझे बांस कह कर बुलाते मैंने कई बार कसरत करनी चाही पर कभी नियमित रूप से नहीं कर सका। मैंने सेहत सुधारने के लिए दवा भी ली पर कोई फर्क नहीं पड़ा। एक दिन उसी लड़की ने मुझ पर ताना कसा और मेरे दिल को गहरी ठेस लगी। मैं घर आ कर बिसूरने लगा। मैंने फिर से जिम जाना आरंभ कर दिया। मैं दिन में चार से पांच घंटे कसरत करने लगा। लोग मुझे कॉलेज में पहचानने लगे क्योंकि मैं जान कर ऐसे कपड़े पहनने लगा था जिससे मेरी बॉडी दिखाई देती। जल्दी ही सभी मेरे गठे हुए शरीर की तारीफ़ करने लगे। तब से ही मुझे खुद को फिट रखने और सुंदर दिखने की आदत सी हो गई है।'

क्या आपने ध्यान दिया कि उस एक वाक्य ने उसके दिल में कितना दर्द पैदा कर दिया? उससे बचने के लिए ही उसने अपनी कमजोरी को ताकत में बदल लिया। ऐसे बहुत से प्रसंग मिलेंगे जिनमें एक थप्पड़, एक अपमान, एक व्यंग्यपूर्ण वाक्य, एक नकारात्मक शब्द ने किसी को अपने जीवन में सकारात्मक बदलाव लाने के लिए प्रेरित कर दिया। मनुष्य का मन अपने लिए पीड़ा के स्थान पर आनंद पाना चाहता है। इस युवक को अपनी प्रिया के हाथों अपमानित हो कर पीड़ा सहनी पड़ी और वह दोबारा उस पीड़ा से बचना चाहता था इसलिए उसने अपना जीवन ही बदल दिया।

पीड़ा व आनंद का सही अनुमान आपको कई प्रकार से सहायक हो सकता है जैसे,

- ऐसे अहम निर्णय लेना, जो आप भय आदि भावों के कारण नहीं ले पा रहे हों।

- टालमटोल की आदत से उबरते हुए ऐसे काम करना, जो आपके लिए महत्व रखते हों।

- अपने संबंधों में सुधार लाना।

- अपनी बुरी आदतों पर रोक लगाना।

- अपने जीवन की संपूर्ण गुणवत्ता में सुधार लाना।

आज ही उन सभी कामों के लिए पीड़ा-आनंद की गतिविधियों को पूरा करें, जो आपके लिए जीवन में उल्लेखनीय अवसर ला सकती हैं। आलस्य त्यागें। अगर आपको यह उचित अनुमान लगाना आ गया तो आप स्वयं को प्रेरित करने में सफल रहेंगे।

## वांछित मूल्य बनाम प्रदर्शित मूल्य
## (Desired Value vs. Demonstrated Value)

जब भी आप कुछ पाने से वंचित रह जाते हैं तो ऐसा इसलिए ही होता है कि आप वांछित और प्रदर्शित मूल्यों में अंतर होता है। मिसाल के लिए, बहुत से लोग मेरे पास आ कर कहते हैं, 'सर, हम पब्लिक स्पीकर या सार्वजनिक वक्ता बनना चाहते हैं। हम चाहते हैं कि हम भी भीड़ में आपकी तरह, पूरे आत्मविश्वास से अपनी बात कह सकें।'

यह एक इच्छा है। मैं उनसे कहता हूँ कि सार्वजनिक वक्ता बनना आसान है - बस आपको आ कर इस सीट पर बैठना है, अपनी बात कहनी है और फिर घर चले जाना है। बाकी सब समय के साथ हो जाएगा। हैरानी की बात है कि सैंकड़ों में से कोई एकाध व्यक्ति ही ऐसा करने की हामी देता है। वे अपने लिए लाभों की फसल तो चाहते हैं पर कर्म का बीज नहीं बोना चाहते। वे अपने भय या आरामदायक दायरे से बाहर न आने की जिद के चलते कदम नहीं उठाना चाहते। आपको अपनी इच्छाओं को साकार करने के लिए उन पर कारवाई करनी होगी। अगर आप बहुत

सारा पैसा कमाना चाहें तो आपके कामों से ऐसा लगना चाहिए कि आप धन पाने के लिए सजग हैं। अगर आप बिजनेस करना चाहते हैं तो आपको आज ही पहला कदम उठाना होगा। हालात के आदर्श होने की प्रतीक्षा न करें क्योंकि वह समय कभी नहीं आएगा। आदर्श परिस्थिति कभी हो ही नहीं सकती। आपको अभी कदम उठाना होगा!

वांछित और प्रदर्शित मूल्य बहुत सादा विचार है जो आपके अनुमान को सरल और गणना योग्य बना देता है। मानो आपने विज़न बोर्ड पर एक ग्राफ लगा दिया हो जिसे आप समय - समय पर देख सकते हों। इसे आसानी से मापा जा सकता है इसलिए इसे देखने से आपको लक्ष्य तक जाने में मदद मिलेगी।

आप यह ग्राफ कैसे बना सकते हैं?

अगर आपने एक विज़न बोर्ड बना रखा है और उसमें सभी मापदंड शामिल हैं, तो आपको उस हिस्से को ग्राफ में वांछित बिंदु की तरह लगाना होगा। अपने विज़न बोर्ड पर जाएँ और अपनी वर्तमान अवस्था देखें। उन बिंदुओं को मिला कर आपको पता लगेगा कि अपनी वांछित दिशा में जाने के लिए आप कितना काम कर चुके हैं। इसे अपने प्रदर्शित मूल्य बिंदु की तरह लें। इसके बाद अपने लक्ष्य की ओर ले जाने वाले हर चरण के साथ लाइन खींचें और उसे अपने वांछित मूल्य की ओर ले जाएँ। इस तरह का उत्थान बड़ा ही मजेदार होगा। अपनी प्रगति को ग्राफ पर देखना बहुत रोमांचकारी व प्रेरक होता है।

आप इसके लिए कई तरह के मापदंड तय कर सकते हैं जैसे समय या हर चरण को पाने के लिए डेडलाइन आदि। इसके बाद काम को पूरा होने के बाद उस पर निशान लगा सकते हैं। जब ग्राफ की लाइन आपके लक्ष्य के पास और लंबी होने लगे तो आपके लिए वहाँ तक जाना सरल हो जाएगा। धीरे-धीरे वांछित लक्ष्य तक जाने का यह रास्ता मजेदार होता जाएगा।

## मॉडलिंग

जब हम अपने दिल की सुनते हैं, तो अक्सर हमारे मन में कोई रोल मॉडल होता है। यह हमारे रोल मॉडल का सारा व्यक्तित्व या उसके व्यक्तित्व का कोई अंश हो

सकता है। जैसे मेरे रोल मॉडल बराक ओबामा हैं। मैं अमेरिका का राष्ट्रपति नहीं बनना चाहता पर मैं उनकी 'लार्जर देन लाइफ' वाले चुंबकीय व्यक्तित्व को चाहता हूँ। मैं फिल्म स्टार नहीं बनना चाहता पर ये चाहता हूँ कि अमिताभ बच्चन की तरह मैं भी भाषा में सिद्धहस्त हो जाऊँ। उनका बात करने का अंदाज़, शारीरिक हाव-भाव, भंगिमा और भाषा सम्मोहक हैं। जब वे अपने शो 'कौन बनेगा करोड़पति' में अपनी बात कहते हैं तो बैठ कर उन्हें सुनना बहुत अनूठा अनुभव लगता है। शक्तिशाली बिजनेस मैग्नेट जैसे लक्ष्मी मित्तल, धीरूभाई अंबानी या सचिन तेंदुलकर या ब्रायन लारा आदि दूसरे रोल मॉडल हो सकते हैं।

इसे पाने का एक शॉर्टकट है। यह एक निश्चित और प्रमाणित वैज्ञानिक प्रक्रिया है और जब हम किसी व्यक्ति जैसा बनना चाहें तो यह बहुत काम आती है। इसे मॉडलिंग कहते हैं।

एंथोनी रॉबिंस ने एनएलपी यानी न्यूरोलिंग्विस्टिक प्रोग्रामिंग की थ्योरी का प्रचार किया। वे कहते हैं कि सफलता अपने सुराग छोड़ती है। हर लक्षण एक न्यूरोलॉजिकल ढांचा है। अगर हमारे पास कोई रोल मॉडल हो तो हम उसकी चाल, ढाल, बातचीत करने का तरीका, जीवन के हालात के लिए उसकी पहले, लोगों के प्रति उसकी पहल, उसकी पोशाक, उसकी शैली, उसकी पसंद-नापसंद आदि जानने के बारे में चेष्टा करते हैं।

सही तरह के सवाल करने और उसके व्यवहार के ढांचों का अध्ययन करने से, आप उसके मस्तिष्क का एक रफ स्केच बना सकते हैं। अगर आप एनएलपी के बारे में जानते हैं तो आपके लिए इसे पाना आसान होगा। यह एक ऐसा विज्ञान है जो आपको मस्तिष्क को जानने और यह समझने में मदद करता है कि यह निर्देशों, परिस्थितियों और आदेशों को कैसे प्रोसेस करता है। मस्तिष्क के विभिन्न हिस्से मनुष्य के विभिन्न लक्षणों का प्रतिनिधित्व करते हैं। उस व्यक्ति के निरंतर निरीक्षण तथा उसका अनकुरण करने से आप उसके पदचिन्हों पर चलने का प्रयास कर रहे हैं। आप उसके न्यूरोलॉजिकल ढांचे का पता लगा रहे हैं।

उसके बाहरी लक्षणों का अनुकरण करने से, उसकी विचार प्रक्रिया भी संग आ जाती है। मिसाल के लिए, अगर वह किसी खास ब्रांड के जूते पहनता है तो आप भी ऐसा ही करेंगे और समय के साथ आप पाएँगे कि आपको भी वही ब्रांड भाने लगा,

जो अब केवल उस व्यक्ति की नकल मात्र नहीं है। शायद वे जूते आपके पिछले जूतों से ज्यादा आरामदायक हों, वे आपकी पैंटों से मेल खाते हों या फिर लंबे समय तक चलते हों। जल्दी ही आप भी उसके जैसी पैंट और टाई भी पहनना चाहेंगे। आप उसके पसंदीदा व्यंजनों, शराब की बात करें और देखेंगे कि किस डिश के साथ कौन सी वाइन ली जाती है। तो यह सब कहाँ जा रहा है। आप उसकी मॉडलिंग कर रहे हैं, कुछ लोग जान कर ऐसा करते हैं तो कुछ लोगों से ऐसा अनजाने में होता है।

आप स्वयं को उस व्यक्ति पर अध्ययन के लिए जितना केंद्रित करेंगे, उसके गुणों को अपने जीवन में उतारेंगे, आपकी मॉडलिंग उतनी ही सटीक होती जाएगी और इस तरह आप उसकी सफलता की विशालता के निकट होते जाएँगे।

एंथोनी रॉबिंस ने इस चीज को एक सादे से प्रयोग से दर्शाया, जो उन्होंने यूएस आर्मी पर किया था। उन्होंने उनसे दस बेस्ट शूटर माँगे और कहा कि वे सभी शूटर को उनके जैसा बना देंगे। उन्होंने एनएलपी का अभ्यास किया। उन शूटर्स से सैंकड़ों सवाल किए गए, जिनका शूटिंग से कोई लेन-देन नहीं था। फिर उन्होंने दूसरे शूटर्स को उनके व्यवहार व सोच के ढांचे का प्रशिक्षण देना आरंभ किया। एंथोनी रॉबिंस एक शूटर नहीं थे इसलिए वे उन्हें अपने साथ शूटिंग रेंज नहीं ले गए और न ही शूटिंग के बारे में ज्यादा बात की। उन्होंने उनके व्यक्तित्वों के सारे पक्षों पर काम करते हुए, उसे एक त्रिआयामी पहल में बदल दिया। प्रशिक्षण के अंत में, जब उन्हें शूटिंग रेंज ले जाया गया, तो वे उन दस शूटरों के समान हो चुके थे। क्या यह एक चमत्कार नहीं था? नहीं, यह एक विज्ञान था। सफल होने के लिए आपके पास एक स्पष्ट सोच होनी चाहिए और कुछ मनोवैज्ञानिक गुण होने भी जरूरी हैं। अगर आप उन्हें सही तरह से ले सकें तो आप भी जल्दी ही सफल होंगे। और सफल होने के लिए सबसे आसान तरीका यही है कि आप किसी दूसरे की मॉडलिंग करें।

जब मैंने काम छोड़ा तो मेरे पास कोई सुराग नहीं था कि मुझे पैसा कैसे कमाना है या अपना काम कैसे जमाना है। मैंने बड़ा सपना देखने का साहस किया पर मेरी जेब में पैसा नहीं था और मैं अकेला था। मेरे पास ज्वलंत इच्छा और सपनों के सिवा कुछ नहीं था। एक बार मुझे बिजनेस नेटवर्किंग इंटरनेशनल की मीटिंग में जाने का अवसर मिला जिसमें अलग-अलग क्षेत्रों से आए व्यवसायी, सप्ताह में एक बार

व्यवसाय के उपायों व नीतियों पर चर्चा करते थे। वे सूचना का आदान-प्रदान करते और अपनी ओर से दूसरे व्यक्ति को यथासंभव सहायता देने का प्रयत्न करते।

जब मैं पहली बार गया तो मैं बाइक पर था। मैंने टी-शर्ट और जींस पहनी हुई थी। दूसरे सभी सदस्य बिजनेस सूट में, फॉर्मल जूतों में थे और लाखों-करोड़ों के बिजनेस की बातें कर रहे थे। उस समय मैं ऐसे लोगों में से था जिसके बैंक में जीने के लिए एक लाख रूपए थे और कोई काम नहीं था। जब वे सभी मीटिंग के बाद अपनी महंगी कारों में बैठ कर रवाना हुए तो मैं उन्हें बड़ी तड़प से देखता रह गया।

मुझे भी कुछ ठोस सोचना था। आरंभिक दाखिले के लिए शुल्क था, साप्ताहिक मीटिंग में हिस्सा लेने के लिए कुछ राशि जमा करनी होती थी और हर सप्ताह होने वाली औपचारिक दावत में भी थोड़ी सहयोग राशि देनी होती थी। हालांकि मेरे हालात अनुकूल नहीं थे पर फिर भी मैंने उनसे जुड़ने का मन बना लिया क्योंकि ऐसा लगा कि मुझे उनसे कुछ अच्छा सीखने को मिल सकता था। वैसे भी मेरे पास एनएलपी की अच्छी जानकारी थी और मॉडलिंग पर पूरा भरोसा करता था। मैंने इस ग्रुप का हिस्सा बनने के लिए पच्चीस हजार का चैक थमा दिया। मैं जानता था कि यह बड़ा जोखिम था पर मॉडलिंग की ताकत कुछ कम नहीं होती।

अगली मीटिंग में, मैंने अपने वार्डरोब में कुछ इजाफा किया और अपने दोस्त की कार उधार ली। पहली बार मैं लाखों-करोड़ों की बातों में चुप रहा पर इस बार जान कर हर चर्चा में हिस्सा लिया। मैंने एनएलपी के अनुसार हर सहभागी को गौर से देखा और उनके आचरण को अपने भीतर उतारना चाहा। इस तरह मुझे लगा कि मैं स्वयं को कुछ अलग बना सकता था। पहले तो यह नाटक लग रहा था पर धीरे-धीरे यह मेरी हकीकत बनने लगा। मीटिंग में हिस्सा लेने और उन बड़ी हस्तियों से मिलने के बाद मैं सफलता और लाखों-करोड़ों के बारे में सोचने लगा। मैं वार्षिक टर्नओवर, बेहतर अभ्यासों का आदान-प्रदान, मासिक लक्ष्य जैसे शब्द सुनने का अभ्यस्त हो गया। ज्यादा पैसा, ज्यादा सोच-विचार और अपनी क्षमता से बड़े निर्णय लेने में कम भय होने लगा। दअरसल उनमें से आज कुछ मेरे ग्राहक हैं और वे अपनी संपदा और व्यवसाय के विस्तार के तरीके सीख रहे हैं।

## स्विचवर्ल्डस
## (Switchwords)

अगर हमारे पास कोई जादू की छड़ी होती तो कितना मजा आता। हम बड़ी आसानी से किसी भी परिस्थिति या रचनात्मक परियोजना पर फिर देते और उसे मनचाहे रूप में पा लेते! दरअसल, हम सबके पास वह जादू की छड़ी है। हम सभी इससे अनजान हैं, हमें कभी इसके इस्तेमाल के लिए निर्देशिका नहीं दी गई। आपके शब्द ही वे जादू की छड़ी हैं। आपकी रचनात्मक सोच ही आपके लिए मनचाहे वांछित परिणाम लाती है।

मनचाहे और सोच-समझ कर बोले गए रचनात्मक शब्दों से जादू हो सकता है। हम मन ही मन किसी ऐसी स्थिति की कल्पना कर सकते हैं जिसमें हम अपनी मनचाही चीज को पा कर खुश हो रहे हैं मानो हमारा सपना साकार हो गया हो या हम अपनी इसी सोच को शब्दों में प्रकट कर सकते हैं, प्रभु के प्रति आभार प्रकट कर सकते हैं। हम मानसिक चित्रण के साथ शब्दों में अपनी इच्छा के साकार होने और आभार प्रकट करने के माध्यम से इसके घटने की संभावना को दुगना कर सकते हैं।

अधिकतर लोग सकारात्मक कथनों के तौर पर पूरे वाक्यों का प्रयोग करते हैं परंतु पिछली सदी के एक विद्वान जेम्स मान्गान ने लगभग सौ ऐसे शब्द दिए जो वांछित परिणाम पाने के लिए सोचे हुए रचनात्मक विचार की तरह प्रयोग में लाए जाने पर, बहुत गहरा असर रखते हैं।

लंबे वाक्य की बजाए केवल एक शब्द का प्रयोग, इससे आपकी रचनात्मक ऊर्जा की धार और भी केंद्रित होती है और उस एक क्षण में उसका प्रभाव कई गुना हो जाता है।

जेम्स ने इन शब्दों को स्विचवर्ड का नाम दिया। यह शब्द किसी अनुभव, अवस्था या वांछित परिणाम का सार होता है। उस शब्द को जोर से या मन ही मन कहें या उसे गाएँ। आपके सामने वांछित नतीजे इस तरह आ जाएँगे मानो स्विच दबाते ही लैंप जल जाए। मिसाल के लिए, सबसे व्यावहारिक उपयोगी शब्द है, 'रीच' (reach) इसकी मदद से आप उस चीज तक जा सकते हैं जिसे आप खोज रहे हैं जैसे

- आपकी खोई चाबियाँ, कागज या सामान
- आपके दिमाग में भूले हुए आइडिया या सूचना, नंबर व नाम आदि।
- समस्याओं के समाधान

जब भी आप किसी चीज को गलत जगह रखते हैं, कुछ खोजते हैं, किसी समस्या का हल पाना चाहते हैं तो 'रीच' शब्द को मन ही मन या जोर से दोहराएँ। इसके बाद शांत हो जाएँ। जल्दी ही आपका दिमाग आपको उसी ओर ले जाएगा, जहाँ आपने वह चीज रखी होगी। आपके अस्तित्व का ही कोई हिस्सा जानता है कि आपने उसे कहाँ रखा है और 'रीच' शब्द विश्वसनीय तरीके से उस संपर्क को साध देता है।

इसे आजमाएँ - यह वाकई कारगर है और रोजमर्रा के जीवन में भी बहुत उपयोगी है। ठीक इसी तरह, ऐसे कुछ और शब्द भी दिए जा रहे हैं, जिन्हें आप प्रयोग में ला सकते हैं।

- जब भी आप कुछ बेचना चाहें, तो कहें 'गिव' (give)।
- जब भी आप पैसा कमाना चाहें तो कहें, 'काउंट' (count)।
- जब कुछ सुंदर रचना चाहें तो कहें, 'कर्व' (curve) ।
- अच्छी सेहत और मन की शांति के लिए कहें, 'बी' (be) ।
- चमत्कार और असाधारण उपलब्धि पाने के लिए कहें, 'डिवाइन या दिव्य' (divine)।

दूसरे सुनिश्चित उद्देश्यों के लिए ऐसे और नब्बे शब्द दिए गए हैं जिन्हें स्विचवर्ल्ड कहा जाता है। इसके साथ ही, अगर आप हर काम को पूरी दक्षता से करना चाहें तो मास्टर की के तौर पर एक शब्द दिया गया है - 'टुगेदर' (together)।

इसकी मदद से आप आसानी से बढ़ी हुई रचनात्मक शक्ति, प्रभावोत्पादकता, उपलब्धियों, आनंद, संपदा, जीवन के जोश, दक्षता तथा जीवन के संतोष का आनंद उठा सकते हैं।

आपको इंटरनेट पर सारे स्विचवर्ल्ड की सूची मिल जाएगी। ये बहुत ही ताकतवर हैं- अपने लाभ के लिए इनका प्रयोग करें, ये आपका पूरा जीवन बदल सकते हैं।

## अपने आसपास प्रेम और आनंद का करें प्रचार

*"भविष्य और उन्नत चेतना उनसे संबंध रखेगी, जो आनंद में जीएँगे, आनंद बाँटेंगे और आनंद का प्रचार करेंगे।"*

*- टोरकोम सेरेडेरियन*

आनंद इस ग्रह का सबसे उच्चतम स्पंदन है। इस ब्रह्माण्ड में हर चीज ऊर्जा से निर्मित है। हर चीज को स्पंदनयुक्त बारंबारता में मापा जा सकता है। यह एक ब्रह्माण्डीय नियम है, हम जो सोचते व महसूस करते हैं, जैसे स्पंदित होते हैं; उसे ही अपनी ओर आकर्षित करते हैं जब हम अपने आनंदी स्पंदनयुक्त रूप में होते हैं, तो हम उसे ही अपनी ओर आकर्षित करते हैं, जो हमारे लिए लाभदायक हो सकता है।

प्राचीन मिस्रवासियों ने आंनद को एक पवित्र कर्म माना था। उनका मानना था कि उनकी मृत्यु के बाद, ओसिरिस देवता उनसे दो प्रश्न करेंगे, 'क्या तुमने आनंद उत्पन्न किया?', 'क्या तुमने आनंद को जन्म दिया?' जिनका उत्तर हाँ में होगा, वही जीवन के बाद की यात्रा को आरंभ कर सकेंगे।

अगले सप्ताह में स्वयं से यह दो प्रश्न प्रतिदिन पूछें: क्या मैंने आनंद उत्पन्न किया?', 'क्या मैंने आनंद को जन्म दिया?'

*'मनुष्य प्रेम करता है क्योंकि वह प्रेम है। वह आनंद चाहता है क्योंकि वह आनंद है। वह ईश्वर को पाना चाहता है क्योंकि वह उसका अंश है और वह उसके बिना जीवित नहीं रह सकता।'*

*- सत्य साईं बाबा*

अब सवाल यह पैदा होता है कि आप दूसरों को आनंद देने के साथ-साथ स्वयं कैसे सदा आनंदित रह सकते हैं?

मुझे नहीं लगता कि मुझे आपको इस बारे में बहुत ज्यादा बताने की आवश्यकता है क्योंकि जब आप बच्चे थे तो आपने इस बारे में बहुत कुछ जान लिया था। आपको अपने बचपन में वापिस जाना होगा। अगर आपको यह करना मुश्किल लगे तो कुछ

देर बच्चों के बीच रहें, आप फिर से उसी अंदाज़ को सीख लेंगे और वह मांसपेशी सक्रिय हो जाएगी।

एक बार फिर से बच्चे बनें, हर काम को पूरे जोश और उमंग से पूरा करें। मनमर्जी से नाचें और गाएँ, दिल खोल कर हँसें, वर्तमान क्षण में जीते हुए, जीवन का भरपूर आनंद लें। अपने भावों का दमन न करें। उन्हें बाहर आने दें। प्रवाह के साथ बहें। वर्तमान में जीने की कला सीखें और प्रेम व आनंद स्वयं ही आपके आसपास आ जाएँगे।

## ध्यान

एक स्तर पर, ध्यान एक साधन है। यह आपको तनाव से निबटने, शारीरिक सेहत में सुधार करने, दीर्घकालीन पीड़ा से मुक्त करने, बेहतर नींद लेने, प्रसन्न महसूस करने, शांत रहने और वर्तमान में जीने में मदद करता है। परंतु गहरे स्तर पर, ध्यान अज्ञात में प्रवेश करने का मार्ग है। यह आपको उस राज़ को खोलने में मदद करता है जो आप हैं।

जब आप ध्यान करने लगते हैं तो आपको अपने मन की चंचलता का पता चलता है। मुझे याद है कि इस बात को जान कर मुझे कैसा सदमा लगा था। मैंने देखा कि मेरा मन कैसे भटक रहा था। मेरे भविष्य से जुड़े अहम सवालों के बीच घर में लाए जाने वाले राशन के सामान्य और छोटे विचार गुत्थमगुत्था हो गए थे। इसके बाद मैंने देखा कि मैंने एक कष्टदायक याद को दोहराने में पूरे पंद्रह मिनट लगा दिए। मानो मैं किसी दीवाने सिनेमाघर में जा बैठा था।

तो अगर आप ध्यान करने जा रहे हैं तो इस भटकने वाले मन से न लड़ें। यह एक प्राकृतिक अवस्था है। समय के के साथ आपको अपनी सोच को संभालना आ जाएगा और आप स्पष्टता व आंतरिक शांति पा लेंगे।

हम आपको ध्यान को आरंभ करने की कुछ तकनीकें बता रहे हैं:

- **शारीरिक भंगिमा:** जब भी आप ध्यान करने बैठें तो आपकी रीढ़ की हड्डी सीधी हो, चाहे आप कुर्सी पर हों या ज़मीन पर बैठे हों। अगर आप झुक कर बैठेंगे तो मन शांत नहीं रहेगा। मन और शरीर का आपस

में संबंध है। यदि शरीर संतुलित होगा तो यह समय के साथ संतुलन बना लेगा। स्वयं को सीधा रखने के लिए कल्पना करें कि आपका सिर आकाश को छू रहा है।

- **आँखें:** अपनी आँखें खुली रखने की कोशिश करें। आँखें इस तरह खुली हों कि आप वर्तमान में केंद्रित रह सकें। अपनी आँखें नीची न करें और न ही बंद करें। हालांकि बेहतर यही होगा कि आप वही करें जो आपको सहज लगे। कुछ लोगों को आंखें बंद करना बेहतर लगता है। आपको प्रयोग करके देखना होगा कि आपके लिए क्या सही रहेगा।

- **केंद्र:** सामान्य चेतना में हम वर्तमान मे केंद्रित नहीं रह पाते। मिसाल के लिए, कार चलाते हुए, अक्सर हम मंज़िल तक चले जाते हैं और वहाँ जा कर लगता है कि अब तक कार कौन चला रहा था। हम वहाँ कैसे पहुँचे।

इस तरह ध्यान जीवन के प्रति जागने का बेहतर उपाय है। अन्यथा हम अपने बहुत सारे अनुभवों से वंचित रह जाएँगे क्योंकि हम मन ही मन कहीं और भटक रहे होते हैं।

आइए, फोकस के बारे में जानें। वर्तमान जीवन में, हम अक्सर इसे एकाग्रता से जोड़ते हैं मानो मन को किसी एकाग्र प्रकाश किरण की तरह प्रयुक्त किया जाना हो परंतु ध्यान में इस तरह का मन मददगार नहीं होता। अगर आपको ध्यान में केंद्रित होना है तो चेतना के केंद्र में बहुत ही सहज भाव से ध्यान देना होगा। मैं आपको सलाह दूँगा कि आप अपनी श्वास को ही केंद्र बना लें। यह एक कुदरती डॉक्टर की तरह आपके आंतरिक और बाहरी जगत को जोड़ता है। ज़ेन मास्टर टोनी पैकर के शब्दों में, 'ध्यान कहीं से नहीं आता। इसकी कोई वजह नहीं है। इसका किसी से संबंध नहीं है।'

श्वास पर ध्यान दे कर आप वर्तमान की डोर अपने हाथ में ले सकते हैं। अपनी आती-जाती श्वास पर ध्यान दें। आपको अपनी श्वास को नियमित करने की आवश्यकता नहीं है। इसे प्राकृतिक ही रहने दें। अगर आपको शांत बैठने में दिक्कत आ रही हो तो अपनी श्वास को गिनने का अभ्यास करें। यह एक प्राचीन ध्यान पद्धति

है। जब आप श्वास छोड़ें तो एक, दो, तीन व चार कहें और फिर एक पर लौट आएँ। जब भी मन भटके तो एक पर आना है मानो यह आपका अपना घर है जो आपको वर्तमान में ले आएगा।

जब आपको लगे कि आप कुछ सोच रहे हैं तो अपनी सोच को धीरे से अपनी श्वास पर वापिस ले आएँ। अगर आप उन विचारों को रोकने का प्रयास करेंगे तो आप परेशान हो जाएँगे। कल्पना करें कि वे आपके दरवाजे पर आने वाले अनचाहे मेहमान हैं, उनकी मौजूदगी को स्वीकारें और उन्हें विनम्रता से वापिस जाने को कहें। इसके बाद अपनी श्वास पर हल्का सा प्रकाश केंद्रित करें।

अगर आप कठोर भावों से जूझ रहे हैं तो आपके लिए ध्यान करना कठिन होगा। कई बार कुछ भाव मन में कहानियाँ रचने लगते हैं। गुस्सा, लज्जा और भय आदि आपके मन में बारंबार कहानियाँ रचते हैं। ये हमें बार-बार पिछली घटनाओं की ओर ले जाते हैं। भय भविष्य की ओर देखते हुए कहता है, 'अगर ऐसा हो गया तो...।'

ध्यान के दौरान सशक्त भावों से जूझने का यही उपाय होगा कि आप उन भावों के साथ आने वाले सशक्त भावों पर ध्यान दें। मिसाल के लिए, यह आपकी छाती पर भय का साया या पेट में उबलता हुए गुस्सा हो सकता है। इन कहानियों को भूल कर, शरीर पर ध्यान दें। इस तरह आपको अपने भावों को मान देना आएगा पर आप उनमें उलझेंगे नहीं।

मौन एक आरोग्य है। मैं जानता हूँ कि हमारे पास ध्यान संगीत का अभाव नहीं है। परंतु मौन की कोई तुलना नहीं है। अगर मन शांत न हुआ तो संगीत किसी काम नहीं आएगा। मौन में बैठने से पता चलता है कि हमारा मन क्या कर रहा है। इस तरह बैठने से मन को प्रशांति का एहसास होता है। जब बाहरी और भीतरी शांति का मिलन होता है तो आप भी पूरी तरह से शांत हो जाते हैं।

एक बार में दस मिनट के ध्यान अभ्यास से आरंभ करें। उतनी देर बैठें जितना आप सहज महसूस करें। अगर आप तैयार नहीं तो ध्यान में जबरन देर तक न रहें। धीरे-धीरे ध्यान की अवधि बढ़ाई जा सकती है। इस तरह आपको शरीर को तनाव दिए

बिना मन को शांत करना आ जाएगा। सबसे अहम बात यह है कि इस बात को भूल जाएँ, 'क्या होना चाहिए।' कुछ लोग आराम से एक घंटा बैठ सकते हैं और कुछ लोगों के लिए दस मिनट बिताना भी भारी होता है। आप वही करें जो सही लगे!

अपने बैठने के लिए एक स्थान नियत कर सकें तो बेहतर होगा। आप अपने लिए एक वेदी बना सकते हैं, पूजा कक्ष में ध्यान के लिए बैठ सकते हैं। वहाँ मोमबत्ती या दीपक जला कर ऐसी वस्तुएँ रख सकते हैं जो आपके लिए मायने रखती हों। हो सकता है कि आपके पास कुछ ऐसे पत्थर या फूल हों, जो आपको बेहद पसंद हों।

सबसे बड़ी बात यही है कि आपको अपने ध्यान में आनंद आना चाहिए। आपके चेहरे पर मुस्कान होनी चाहिए। अपने प्रति दयालु रहें। हर रोज़ कुछ समय के लिए बैठें और यह आपकी आदत का हिस्सा बन जाएगा।

## ख़तरा मोल लें

यह जीवन पोकर के खेल की तरह है। खिलाड़ी खेल में अपना पैसा लगाते हैं और उन्हें यह नहीं पता होता कि उनका पैसा कई गुना हो कर वापिस आएगा या हाथ में कुछ नहीं रहेगा। इसमें हुनर और किस्मत दोनों का ही काम है पर जरा उन लोगों को देखें जो केवल खेल को देख रहे हैं। वे इस खेल में शामिल खतरे को मोल नहीं लेना चाहते। यहीं आ कर सारी बात समाप्त होती है। आपके पास पोकर खेलने या न खेलने की सुविधा है पर जीवन का खेल इससे अलग है।

अगर यह जीवन वास्तव में खेल है तो सबसे बड़ा अंतर यही होगा कि आपके पास चुनाव नहीं है कि आप इसे खेलना चाहते हैं या नहीं। यह एक बड़ी मेज और सबके पास बैठने के लिए स्थान है। आप स्वयं खेलेंगे या अपनी ओर से किसी दूसरे को खेलने का अवसर देंगे, यह चुनाव आपका अपना होगा।

दरअसल मेरा मानना है कि जीवन और खतरा दोनों ही पर्यायवाची शब्द हैं। इस जीवन में हर चीज़ खतरा है। आप किसी भी क्षण किसी दुर्घटना का शिकार हो सकते हैं। ये रोजमर्रा के ऐसे खतरे हैं जिन्हें हम कभी खतरा ही नहीं मानते।

ज्यादातर लोग साधारण जीवन जीते हैं। मानो उन्हें पोकर के मेज पर बैठने के सिवा कुछ नहीं करना। जीवन कुछ करने या आगे जाने के लिए खतरा मोल लेना

ही होगा। नतीजा यही होगा कि जितना खतरा मोल लेंगे, जीवन उतना ही सार्थक होगा।

ये खतरे कई बार पीड़ा भी देते हैं इसलिए लोग इनसे कतराना चाहते हैं पर इन लोगों ने अपने सपनों को पूरा करने का साहस नहीं होता। जब भी खतरे की बात आती है, तो वे पीछे हो जाते हैं। हम ऐसे लोगों को परेशान नहीं करना चाहते। हम उनके साथ हैं जो जीवन के खतरों को मोल ले कर खेलने के लिए तैयार हैं।

जीवन के पाँच अहम खतरे निम्नलिखित हैं:

**1. किसी दूसरे की देख-रेख करना:**

इसे हम खतरा क्यों कहते हैं? यह भावात्मक तौर पर बोझिल हो सकता है। अगर आप किसी बुरे ब्रेकअप से गुजरे हों या आपको किसी दोस्ती को खत्म करना पड़ा हो तो आप जान सकते हैं कि यह कितना दुखदायी हो सकता है। परंतु खतरा मोल लेने में कोई हर्ज नहीं है क्योंकि एक कहावत के अनुसार कभी प्यार न मिलने से कहीं बेहतर होता है कि आपको प्यार मिले और खो जाए। किसी दूसरे को अपने पास आने देना और फिर उसका ध्यान रखना, यह अपने-आप में थोड़ा भयावह लग सकता है। वे आसानी से आपके दिल को चोट पहुँचा कर भरोसा तोड़ सकते हैं। परंतु किसी को अपने पास बुलाने की सुंदरता यह ह कि आप एक-दूसरे को गहराई से जान सकते हैं और दोनों एक सूत्र में बंध सकते हैं। यह अपने-आप में एक महान एहसास होगा।

**2. नई बातें सीखना और आज़माना**

जब भी आप कुछ नया आज़माते हैं तो उसमें खतरा तो शामिल होता ही है। रॉक कलाइम्बिंग या सर्फिंग जैसे काम आपको पहले डरावने लग सकते हैं पर बाद में इन्हें करने में आनंद आने लगता है। जीवन में बड़े बदलावों के साथ भी ऐसा ही होता है। अगर आपको ग्रेड स्कूल में जाना है या दुनिया के किसी दूसरे हिस्से में जाना हो तो बस छलांग भरें और आगे चल दें। थोड़े-बहुत खतरे को पार किए बिना आप ऐसे उल्लेखनीय कदम नहीं उठा सकते।

### 3. अपने सपनों और जुनून को पूरा करें

कितने लोग अपने सपनों को पूरा कर पाते होंगे? यह भी एक सच है कि लोग अपने सपनों को योजना के अगले चरण से आगे ले जा ही नहीं पाते। हर किसी को अपने सपनों को साकार करना चाहिए, भले ही वे कितने भी असंभव क्यों न लगें। मैंने तो एक छोटी सी सोच के बाद अपने सपनों को अपनाना शुरू कर दिया। जब मैं नहीं रहा तो उन्हें कौन पूरा करेगा? ऐसा भी नहीं कि इस जीवन के बाद एक और जीवन हमारे लिए प्रतीक्षा कर रहा है तो अपने सपनों को पूरा करने के लिए इससे बेहतर समय तो कोई हो ही नहीं सकता।

### 4. असफलता

खतरा मोल लेने में असफलता हमेशा छिपी रहती है इसलिए वह खतरा कहलाता है। बेशक असफलता का भय ही इंसान को खतरा मोल नहीं लेने देता पर आपको इसे अपनी बाधा नहीं बनने देना चाहिए। मैंने पढ़ा है कि सिलिकॉन वैली की बड़ी कंपनियों में अक्सर ऐसे लोगों को काम पर रखा जाता है जिन्होंने अपने काम खोले और वे दिवालिया हो गए। वे ऐसे लोगों को पसंद करते हैं जिनमें अपना काम करने और दिवालिया होने की दशा में उसे स्वीकारने का साहस होता है। यह कुल मिला कर जीवन के लिए अच्छा सबक है।

### 5. अपना दृष्टिकोण प्रस्तुत करना

संसार में क्या चल रहा है और चीजें कैसे काम करती हैं, इसके बारे में हर इंसान अपनी सोच रखता है। अगर आप नहीं जानते कि लोगों से कैसे पेश आएँ तो आपके लिए अपनी भावनाओं को प्रकट करना खतरनाक हो सकता है। आपको कुछ ऐसे लोग जरूर मिलेंगे जो आपके खिलाफ़ होंगे। आपको यह भी लग सकता है कि आपकी राय गलत है।

कई लोग किनारे पर ही बैठना पसंद करते हैं और कभी अपनी राय नहीं रखते पर आप केवल गलत माने जाने के भय से चुप नहीं रह सकते। अपने जीवन में आगे जाने वाले लोग वही हैं जो अनूठी सोच और अंतर्दृष्टि रखते हैं। जब वे अपनी राय रखने योग्य होते हैं तो उनके जीवन का एक बड़ा हिस्सा सामने आता है।

एक भरपूर जीवन के लिए संकट लेना आवश्यक है। मैं इस जीवन को एक खेल समझता हूँ और इसे खेलने के लिए खतरा तो मोल लेना ही होगा। भले ही आप समय - समय पर गिरें पर अपनी क्षमता से कम काम करने से तो यही बेहतर होगा।

इसके अलावा, जब आप जीवन को खेल की तरह देखते हैं तो हो सकता है कि जीतने वाले और हारने वालों के लिए आपका नजरिया ही पूरी तरह से बदल जाए। खेल तभी सही तरह से काम करता है जब हारने वाले को भी आनंद आ जाए। अगर आपको लगता है कि सफल लोग कभी असफल नहीं हुए, तो दोबारा सोचें। हो सकता है कि आपको यह जान कर आश्चर्य हो कि वे आपकी तुलना में कई बार असफलता के शिकार हुए हैं। क्यों? हो सकता है कि उन्होंने असफलता के हर अनुभव को आगे जाने के मार्ग के तौर पर चुना हो। उन्होंने उसे ट्रंपोलिन की तरह इस्तेमाल किया हो और ऊँची छलांग भरी हो। आपको भी खतरा मोल ले कर यह देखना चाहिए कि आपकी असली क्षमता क्या है। अन्यथा आप मेज के एक कोने में बैठ कर देखते रह जाएँगे और जीवन आपके सामने खेलता रहेगा।

जीवन में सकारात्मक खतरा मोल लेने के लिए दस उपाय निम्नलिखित हैं:

- आप क्या चाहते हैं, इसे तय करें, परिभाषित करें और फिर वह खतरा मोल लें जो आपको आपके लक्ष्य के नजदीक ले जा सके। आप जो करना चाहते हैं, उसके लिए काम करना, खतरा मोल लेना नहीं कहलाता।

- किसी खास लक्ष्य के लिए चरण-दर-चरण योजना तैयार करें और खतरों को परिभाषित करें। अगर आप ज्यों का ज्यों जीते रहे तो आपके हालात में कोई बदलाव नहीं आने वाला।

- अपने-आप से यह न पूछें कि क्या संभव नहीं है। स्वयं से पूछे कि क्या संभव हो सकता है। इसके बाद सूची तैयार करें। ज्यादातर लोग यही समझने में समय लगा देते हैं कि उनका कदम सही होगा या नहीं और फिर खुद को इस बात के लिए मना लेते हैं कि उनका कदम न उठाना ही बेहतर था

- कारवाई करें। अपने अहम लक्ष्य तक जाने के लिए कुछ महत्वपूर्ण कदम उठाने होंगे। स्वचालित तौर पर, जो भी अनावश्यक होगा, वह स्वयं ही आपसे परे हो जाएगा।

- हर रोज, कुछ अहम और जरूरी बातों को पूरा करने का प्रयास करें । यह जीवन केवल प्रगति करने या बड़े-बड़े कामों की सूची को पूरा करने का नाम नहीं, इसका आनंद भी लें

- आप कौन हैं, यह पूछ कर स्वयं को परिभाषित करें। खुद को अपने काम से न जोड़ें। नौकरियों के टाइटल तो मानव संसाधन विभाग के लिए होते हैं।

- अपने लिए परफेक्ट वर्क डे को तय करें। एक ऐसा जीवन तय करें जो किसी दूसरे की बजाए आपके लिए बेहतर तरीके से काम करे और ऐसे लोगों से दूर रहें जिन्हें आपकी भलाई से कोई लेना-देना नहीं है।

- अपने सबसे बेहतर मित्र बनें। यह बात कहना ही आसान है। अक्सर लोग अपने ही सबसे बड़े आलोचक होते हैं।

- स्वयं को जीवन में खतरे मोल लेने की अनुमति दें। अन्यथा आपको लंबे समय तक इंतजार करना होगा और जीवन में कोई बदलाव नहीं आ सकेगा, यह आपके जीवन के लिए एक दुखदायी अवस्था हो सकती है।

आप जीवन में जो पाना चाहें, उसके लिए खतरा मोल लेना बहुत ही प्रासंगिक है। एक व्यक्ति को जो खतरा लगता है, हो सकता है कि दूसरा उसके बारे में ऐसा न सोचता हो। अगर आप जीवन, काम और संबंधों में प्रसन्नता पाना चाहें तो आपको, सब कुछ अनुकूल न होने पर भी कुछ न कुछ नया तो अवश्य आज़माना होगा। जो भी चाहते हों, उसे पाने के लिए खतरा मोल लेते हुए कुछ कदम आगे बढ़ाएँ- आपका जीवन भरपूर हो उठेगा।

## अपने दिव्य पत्थर को तलाशें
## और एक पौधा लगाएँ

यह विधि सही मायनों में आपको सफलता तक ले जाने में सहायक हो सकती है। एक दिन सुबह जल्दी उठ कर सैर को निकलें। अपने लिए कोई सुंदर और सुडौल सा पत्थर खोजें। यह इतना छोटा हो कि आपकी मुट्ठी में आ जाए पर उससे छोटा

नहीं होना चाहिए। जब आप उसे उठा लें तो उसे इतनी गहराई से देखें कि वह शक्ति से भरपूर हो जाए। अगर आप उसे किसी मूर्ति से छुआ कर प्राण प्रतिष्ठित करना चाहें तो वह आपकी मर्जी होगी, बशर्ते आपका विश्वास अखंड होना चाहिए। उसे अपना बना लें।

इसके बाद जब कभी आप किसी बाधा के सामने हों तो उस पत्थर को हाथ में लें और महसूस करें कि उसकी दिव्य शक्तियाँ आपके भीतर समा रही हैं। यह मान कर चलें कि यह आपको हर समस्या को हल करने की शक्ति दे रहा है। इसे इतनी ऊर्जा दे दें कि यह पूरी तरह से शक्तिशाली हो जाए। अगर आप सारी शक्ति बटोर कर इस पत्थर को देंगे तो यह सदा आपका सहाय होगा। जब भी आप कोई संकल्प लें या कोई बात दोहरा रहे हों तो उसे अपने हाथ में ले लें। यह आपको केंद्रित होने में सहायक होगा। जब भी आप उसे छुएँगे तो यह सक्रिय हो उठेगा और आपको अपने सपनों के साकार करने की दिशा में और निकट ले जाएगा।

एक दूसरा उपाय यह हो सकता है कि आप एक पौधा लगा लें और उसे रोज पानी दें। इसे अपने विश ट्री का नाम दे दें। जब पौधा लगाएँ तो इसके तले में चांदी का सिक्का रख दें। यह सकारात्मक ऊर्जा को अपनी ओर खींचेगा और आपको सकारात्मक सिग्नल देने के साथ-साथ सौभाग्य में भी वृद्धि करेगा।

जब आप अपने पेड़ को बढ़ता हुआ देखेंगे तो इसके साथ ही आपके सौभाग्य में भी बढ़ोतरी होगी। पर अगर पौधा मुरझा जाए तो इसे नकारात्मक संकेत न मानें। इससे कोई अंतर नहीं पड़ता। बस आगे बढ़ कर दूसरा पौधा लें और उसकी देखरेख करें। उसे धूप में छोड़ कर, मुरझाने के लिए अवसर न दें। उसे हर रोज देखें। उसके साथ कुछ समय बिताते हुए, उसकी बढ़त पर ध्यान दें - उसकी नरम शाखाएँ, हरे पत्ते ... महसूस करें कि उससे जीवन प्रवाहित हो रहा है। अगर आप सुबह उठ कर ऐसा कर सकें तो इस तरह आपके भाग्य में चार चांद लग सकते हैं।

## आपके जीवन की स्क्रिप्ट

अक्सर पटकथा लेखक किसी मूवी की कहानी लिखने के लिए इसी प्रक्रिया को दोहराते हैं। आप भी इन चरणों को अपनाएँ:

- **आपके जीवन का उद्देश्य:** आप अपनी फिल्म क्यों बनाना चाहते हैं? इसका मूड क्या होगा? यह कैसी होगी? क्या यह कॉमेडी होगी या इस गंभीर फिल्म से कोई संदेश दिया जाएगा? कोई दुख भरी कहानी या सपनों से सजी प्रेम कथा? इस फिल्म का या यूँ कहें कि आपके जीवन का उद्देश्य क्या है?

- **एक वन:** लाइनर यह बिना किसी पूर्ण विराम के एक वन लाइनर है। यह पंक्ति आपके पूरे जीवन को एक पंक्ति में उतारती है। आप अपने जीवन को कैसे देखना चाहेंगे? आप क्या चाहेंगे कि आपके अपने और प्यार करने वाले आपको कैसे याद करें? ऐसी कौन सी चीज है जिससे आपको खुशी मिल सकती है?

- **एक रफ स्केच:** यहाँ आप एक रफ स्केच के माध्यम से यह तय करेंगे कि आप अपने जीवन के पहलुओं को किस रूप में देखना चाहते हैं। मिसाल के लिए, पेंटिंग के लिए आपका प्यार, बिजनेस स्कूल से आपकी मास्टर की डिग्री, ट्रेनिंग में आपका कैरियर, आपकी पहली चित्र प्रदर्शनी, आपकी पहली कार, आपका नया तीन बेडरुम वाला घर, आपकी शादी, पेरिस में हनीमून, आपका वर्ल्ड टूर, आपकी पहली सी-डाइविंग वगैरह।

- **विवरण:** अपने स्केच में से हर चीज को विस्तार से लिखें। कौन से बिजनेस स्कूल से ग्रेजुएट होना चाहते हैं। आपकी कार का मेक और मॉडल, अपने सपनों के पुरुष स्त्री को कैसे पाना चाहते हैं।

- **निष्कर्ष:** यह आपकी रिटायरमेंट योजना, कोई नया उपक्रम या कुछ ऐसा हो सकता है जो आपने अभी तक न किया हो।

तीसरा बिंदु: एक लाइफ स्केच तैयार करना, बहुत अहम अभ्यास है क्योंकि आप इस काम को जितना सटीक तरीके से करेंगे। आपका विज़न बोर्ड उतना ही जीवंत, रंगीन और बेहतर दिखेगा। अपने जीवन को विस्तार से जानने के लिए, मनचाहे पन्नों का प्रयोग करें, हर पहलू को विस्तार से लें, चाहे वह आपके बाथरुम की टाइलों का रंग हो या आपके बच्चों के नाम, सी-डाइविंग कराने वाली संस्था का नाम हो या हनीमून मनाने के लिए पेरिस के बेहतरीन होटलों की सूची!

आपकी रिटायरमेंट की योजना सरकार या संगठन क्यों तैयार करे? यह काम आपको स्वयं करना होगा। जब आपने पूरा जीवन पूरी सक्रियता से जीया है तो ब्रेक पर भी आपका पूरा अधिकार बनता है। हो सकता है कि आप पूरा समय, अपनी किसी छूटी हुई रुचि को देना चाहें, कोई नया काम चुनना चाहें या पोते-पोतियों के बीच अपने बचपन को फिर से जीना चाहें। अपने जीवन की कथा को भी किसी मूवी के अंत की तरह सुखांत बनने दें। अपने जीवन के अंतिम चरण को आलीशान तरीके से सुनियोजित करें। जब लोग आपको याद करें, तो उनके पास मुस्कुराने की एक वजह होनी चाहिए।

जब भी यह लिपि लिखें तो नकारात्मक भावों व शब्दों का प्रयोग न करें और हमेशा वर्तमान काल का प्रयोग करें - इसमें भूतकाल या भविष्य काल का प्रयोग नहीं होना चाहिए।

सब कुछ वर्तमान में ही घटता है, आपको इसे इस तरह लिखना चाहिए कि यह आपकी हकीकत बन जाए। नकारात्मकता से दूर रहें। 'मैं भारत में रह कर गुड़गाँव में काम नहीं करना चाहता।' यह कहने की बजाए कहें, 'मुझे यूके में रह कर, लंदन में काम करना है।'

यहाँ आपके लिए एक स्क्रिप्ट का उदाहरण दिया जा रहा है जिसे मेरे एक सहकर्मी ने लिखा था:

*वाउ!! मैं एक अद्भुत और आलीशान ज़िंदगी जी रहा हूँ! मैं सबसे खुश, महान और बेहतर लोगों में से हूँ। मुझे जीवन में सब कुछ सरलता से मिला और मैं जीवन के प्रत्येक क्षण का आनंद उठा सकता हूँ। जीवन बहुत सुंदर है। यह रंगीन और खुशियों से भरा है और मुझे इससे प्यार है! अब मैं कंपनी का सीईओ हूँ और मेरे अधीन कंपनी दिन-रात तरक्की कर रही है। मुझे कई पुरस्कार मिले हैं जिनमें सीईओ ऑफ ईयर, मोस्ट इनोवेटिव सीईओ तथा लीडर ऑफ सेंचुरी जैसे अवार्ड भी शामिल हैं। लोग मुझे बहुत ही आदर-मान देते हैं। मैं बहुत खूबसूरत हूँ और अक्सर मेरी तारीफ़ होती है। मैं प्रतिदिन जिम जा कर, नियमित रूप से व्यायाम करता हूँ। मैं ऊर्जा व जोश से भरपूर हूँ और अपने जीवन के प्रत्येक क्षण का उत्सव मनाता हूँ।*

यह एक अद्भुत स्क्रिप्ट है और आपके लिए एक अच्छा उदाहरण बन सकती है। कुछ बातें याद रखनी होंगीः

- लिपि जीवंत होनी चाहिए। यह उन भावों व भावनाओं को जगा सके, जिन्हें आप अपने नए जीवन की कल्पना के साथ जोड़ते आए हों।
- कल्पना करें कि आपने पहले ही सब कुछ पा लिया है और आप उसके बाद अपनी उपलब्धियों के बारे में लिख रहे हैं। इन्हें पाने के सिलसिले के बारे में न लिखें, उसे कायनात को ही तय करने दें। वह आपसे कहीं बेहतर जानता है।

## अपनी लिपि को रिकॉर्ड करें

जब आप इसे लिख लें तो इसके बाद आपको अपनी स्क्रिप्ट को पूरी भावनाओं व भावों सहित रिकॉर्ड करना होगा। यह बहुत अहम है क्योंकि आपने इसे पूरी रात चलाना है। आप नींद में होंगे और यह आपके सिरहाने चलता रहेगा। यह हमारी प्रक्रिया का अगला चरण है।

कारण यह है कि जब आप सोते हैं तो चेतन मन सो जाता है परंतु अवेचतन मन जागता रहता है। जब यह रिकॉर्ड सारी रात चलेगा तो यह आपके अवचेतन मन को सफलता के लिए प्रत्यक्ष प्रोग्राम करता रहेगा क्योंकि यह उन फिल्टरों से नहीं बंधा, जो चेतन मन द्वारा, किसी भी चीज को अवचेतन में भेजने से पहले प्रयुक्त किए जाते हैं। यही वजह है कि मैं हमेशा इस गतिविधि पर बहुत जोर देता हूँ। यह आपके पूरे जीवन को रूपांतरित करने की क्षमता रखती है। और परिणाम भी शीघ्रगामी होते हैं!

मैं आपको एक कहानी सुनाता हूँ। मेरे माता-पिता और मैं, हम सब बहन के लिए पिछले पाँच वर्षों से वर तलाश रहे थे। हम सब थक कर मायूस हो गए थे और कुछ सूझ नहीं रहा था। एक दिन मैंने घर पर फोन किया तो माता-पिता बहुत ही चिंतित और दुखी लगे। मैं उनसे 130 कि.मी. की दूरी पर पुणे में था। मैं भी उदास हो गया। मैं रोने लगा और जब थक गया तो सोने चला गया।

अगली सुबह सो कर उठा तो तय किया अब उस काम को अपने हाथ में लेना होगा। पहले तो मैंने अपनी स्क्रिप्ट लिखी। मैंने उसमें वह सब लिखा जो मैं अपनी बहन की शादी में करता। मैंने लिखा कि उसकी शादी मेरी आँखों के आगे हो रही थी। मैंने उसे दर्ज़ किया और वह सारी रात मेरे सिरहाने बजती रही। अगले चौदह दिन तक कुछ खास नहीं हुआ। पंद्रहवें दिन, एक चमत्कार मेरे सामने घटा। मुझे एक विवाह संबंध कराने वाली वेबसाइट पर उपयुक्त लड़का दिखा और मैंने पिता को उसका विवरण भेज दिया। वह मेरी बहन के लिए उपयुक्त वर था। अब उन्हें मेरी बहन को देखने आना था। मैंने फिर से स्क्रिप्ट लिखी कि जब वे मेरी बहन को देखने आएँगे तो क्या होगा और वे कैसी प्रतिक्रिया देंगे। मैंने जैसा मानसिक चित्रण किया था, ठीक वैसा ही हुआ। उसी व्यक्ति से मेरी बहन का विवाह हुआ और वह एक सुखद वैवाहिक जीवन जी रही है।

मुझे आज भी आश्चर्य होता है कि पंद्रह ही दिन के भीतर हालात कैसे बदले। मैं इस तथ्य से इंकार नहीं कर सकता कि यह एक संयोग हो सकता था। कुछ लोग इसे भाग्य का नाम भी देंगे पर आपके लिए सवाल है: जब मैंने वह स्क्रिप्ट लिखी तो अचानक किस्मत कैसे और क्यों अनुकूल हो गई? उससे पहले ऐसा क्यों नहीं हुआ? मैंने जिन बातों के बारे में नहीं लिखा था, उनमें रातों-रात बदलाव क्यों नहीं आया?

मैं समझ गया था कि जब अवचेतन मन पूरी तरह से प्रोग्राम्ड होता है तो सब कुछ सही तरह से संपन्न होता है। यही वजह है कि कहा जाता है, बच्चे की सत्तर प्रतिशत प्रोग्रामिंग सात साल की आयु तक हो जाती है, जब तक उसके चेतन मन का पूरा विकास नहीं होता और सब कुछ उसके अवचेतन मन में रिकॉर्ड होता रहता है।

यह केवल एक बार किया जाने वाला प्रयास है और अगर आपने इसका पालन किया तो आपको भारी लाभ मिल सकते हैं। यह एक सादी तीन चरणों वाली प्रक्रिया है:

- अपनी स्क्रिप्ट को पूरे जुनून और भावों सहित लिखें।
- इसे रिकॉर्ड करें।
- इसे पूरी रात, हर रात अपने सिरहाने चलने दें।

मैं लगभग हर चीज के लिए इस प्रक्रिया का पालन करता हूँ और आपको पता है? मैं वही जीवन जी रहा हूँ, जिस जीवन को जीने का सपना देखा था और योजना बनाई थी।

तो आप किस प्रतीक्षा में हैं? यह पुस्तक बंद करें और अपने जीवन की स्क्रिप्ट लिखने में जुट जाएँ। इसे बहुत सारे सकारात्मक वाक्यों सहित लिखें, इसे पूरी लगन और धुन से लिखें, इसे वर्तमान काल में लिखें और अगर संभव हो सके तो इसे सुनने का भरपूर आनंद लें।

# 7

# जुट जाएँ अभी!

जीवन के नियम और एक अच्छा और आसान जीवन जीने के लिए समाज की ओर से बनाए गए शॉर्ट कट्स को जानना अच्छी बात है। हालांकि, जिन लोगों को आजकल याद रखा जाता है, उन्हें इसलिए याद किया जाता है क्योंकि उन्होंने तथाकथित पारंपरिक जीवन के आवरण को तोड़ा और अपने लिए स्वयं रास्ता बनाया।

अच्छी तरह से जीएँ, अपनी कल्पना को उलझने न दें। यह याद रखें कि आपके सुंदर सपने और कल्पना ही इस संसार को सजाते हैं।

> *"मैं एक कलाकार की तरह अपनी कल्पना पर काम कर सकता हूँ।*
> *कल्पना ज्ञान से से अधिक महत्व रखती है। ज्ञान सीमित है। कल्पना*
> *सारे संसार को घेरे हुए है।"*
>
> *- अल्बर्ट आइंस्टाइन*

मैंने इस पुस्तक में आपके साथ जिस विषय पर चर्चा की, उससे आप मन की असीम शक्ति व उसके गुणों को जान सकते हैं। मन की शक्ति एक विशाल और असीम फलक रखने वाला विषय है। पर जिस दिन से मैंने इस पुस्तक को लिखना आरंभ किया, मेरे लिए स्वयं को रोकना कठिन हो गया। मैंने इस पुस्तक के माध्यम से अपने प्रमुख कार्यक्रम (Igniting the Spark) के मर्म को साझा किया है।

मैंने अपना जीवन के इस प्रोग्राम के साथ ही आरंभ किया था, इसके साथ जुड़ा रह गया और अब मैं इसकी वजह से होने वाले करिश्मों को रोक नहीं सकता। अभी और बहुत कुछ सामने आने वाला है, यह मेरा वादा है। यह किताब एक बड़ी यात्रा का आरंभ मात्र है। मुझे इसे लिखने में वाकई बहुत आनंद आया और मुझे पूरा यकीन है कि आपको भी इस असाधारण यात्रा में बेहद आनंद आया होगा।

अगर इस किताब ने आपको प्रेरित किया और यह आपको आपके मन के गहरे और सार्थकता दिव्यता से भरपूर यात्रा पर ले जाने के लिए मनाने में सफल रही तो इसके साथ चलने के लिए कमर कस लें। इस यात्रा में कौन सा सामान आपके साथ होगा? आपका सच! सच्ची मंशा। विशुद्ध ध्यान और आपकी ईमानदारी। याद रखें, ब्रह्माण्ड उनकी ही इच्छाओं की पूर्ति करता है, जो लोग इससे पूरी ईमानदारी से जुड़े रहते हैं, क्योंकि किसी भी तरह से कुदरत को नहीं छला जा सकता।

कोई भी नया विचार, ज्ञान या सजगता अपने-आप में महान है और ...इसे अनुपयोगी भी माना जा सकता है, अगर आप इसे प्रयोग में नहीं लाते। हम सबको पता है कि जिम में जा कर कसरत करने से और सेहतमंद डाइट लेने से हम बलशाली बन सकते हैं, फिट हो सकते हैं पर केवल जानना ही बहुत नहीं है। हाथों में चिप्स थामे, टी.वी. के आगे बीनबैग पर बैठ कर लगातार ठूँसने और केवल इस बात की जानकारी होने से कुछ नहीं होगा। आपको मेहनत करनी ही होगी। आपको जिम जा कर कसरत करने से ही लाभ होगा।

अपने मन की शक्ति को जानना तो अच्छी बात है, परंतु इस पुस्तक को पढ़ लेने के बाद, उस ज्ञान को उपेक्षित कर देना अनुचित होगा। आपको इस पर काम करना होगा, जैसे आपको अपने शरीर की मांसपेशियों को बनाने के लिए जिम में जाना जरूरी है। इस पुस्तक के अभ्यास विशेषज्ञों की राय से तैयार हुए हैं और वे आपके मन को ताकतवर बनाने की क्षमता रखते हैं।

किसी ने ठीक कहा है कि अगर आप लगातार वही काम करते रहे, जो आप आज तक करते आए हैं तो आपको वही नतीजे मिलेंगे, जो आज तक मिलते आए हैं। मझे पूरा यकीन है कि आपको अलग नतीजे मिलने लगे होंगे पर अगर आप इसी दौरान, उन्हीं संसाधनों और कम से कम प्रयासों के बीच कुछ और बेहतर पा सकें तो यह कितना रोमांचक होगा। मुझे पूरा यकीन है कि यह ऐसा ही लगेगा।

मैंने आपके साथ इस पुस्तक में जिन तकनीकों की बात की, उनके लिए आपको पैसा नहीं लगाना। बस थोड़ा सा समय और प्रयास चाहिए। हो सकता है कि आपको कुछ गतिविधियाँ अच्छी न लगें या आप उन पर भरोसा न कर सकें। मेरी सलाह यही है कि आपको उन पर विश्वास हो या न हो, उन्हें एक बार आज़माने में कोई हर्ज नहीं है। मैं हजारों लोगों के साथ अपने अनुभव के आधार पर कह सकता हूँ कि हर तकनीक आपके जीवन में एक क्रांति लाने की क्षमता रखती है। पूरी समझदारी के साथ कदम उठाएँ।

आपको एक ही जीवन मिला है। आप और आपकी सफलता के बीच केवल एक इंसान खड़ा है और वह केवल आप हैं। अपनी पुरानी आदतें बदलें और तब आप जानेंगे कि जीवन आपके लिए कैसे अनमोल खजाने लिए बैठा है, ऐसे उपहार, जिनकी आपने कभी कल्पना तक नहीं की थी।

*तो आकाश में ऊँची उड़ान भरें। प्रवाह के साथ बहें। जो खेल पसंद हो, उसे खेलें, लंबे समय से विलंबित निर्णय लें। वे चुनौतियाँ लें, जो पहले आपको भयभीत करती थीं। उन कदमों को उठाएँ जिन्हें उठाने से आपको डर लगता था। जी भर कर नाचें, जिनके दिल दुखाए हों, उनसे क्षमायाचना करें, उनकी सराहना करें जो प्रशंसा के पात्र हों और अपने-आप से करें प्रेम।*

*अपने आसपास की सारी बाधाओं को हटा दें। स्वयं को सारी सीमाओं से मुक्त कर दें। सोच बड़ी रखें। अपना विश्वास बनाए रखें। अगर आप ऐसा करेंगे, तो सारा संसार आपके साथ होगा। आज वही दिन है। भरपूर जिंदगी जीएँ। कौन जाने, कल हो न हो।*

*आप और केवल आप ही, स्वयं को शिखर तक ले जा सकते हैं। यह काम कोई दूसरा नहीं कर सकता। आप ही भगवान हैं। आप ब्रह्माण्ड हैं, आप ही प्रकृति हैं।*

अपना जीवन प्रेम, जुनून और रोमांच से जीते हुए, अपने जीवन के हर क्षण का आनंद लें। मैं आपको बेहतरी की शुभकामनाएँ देता हूँ। आप अपने सभी प्रयासों में सफल हों।

# लेखक के विषय में

श्री भूपेंद्र सिंह राठौड़ एक प्रभावशाली व प्रेरक वक्ता, कार्पोरेट प्रशिक्षक तथा बिज़नेस कोच हैं। वे भारत के निवासी हैं। भूपेंद्र का लक्ष्य यही है कि लोगों को उनके निजी और कैरियर से जुड़े लक्ष्य प्राप्त करने में सहायक हो सकें और यह कार्य इतना शीघ्र और सरलता से हो जिसकी उन्होंने कभी कल्पना तक न की हो।

उन्होंने 5000 से अधिक एमएनसीज़, एमएसईज़ तथा एसएमईज.(MNCs, MSEs, and SMEs) को अपने परामर्श तथा प्रशिक्षण दिया है और वे देश भर में, 1000 से अधिक टॉक व सेमीनारों के माध्यम से, दो लाख से अधिक व्यक्तियों को संबोधित कर चुके हैं। एक प्रमुख वक्ता तथा सेमीनार नेता के रूप में, वे प्रतिवर्ष 25000 से अधिक व्यक्तियों को अपना संबोधन देते हैं।

भूपेंद्र कार्पोरेटों को निजी तथा व्यावसायिक विकास जैसे विषयों पर संबोधित करते हैं जिनमें प्रेरणा, नेतृत्व, बिजनेस सेलिंग, स्वाभिमान, लक्ष्य, रणनीति, रचनात्मकता व सफलता आदि शामिल हैं।